さよなら神様

麻耶雄嵩

文藝春秋

目次

カバー作品
Joseph Cornell　*The Sixth dawn*

装幀
関口信介

さよなら神様

少年探偵団と神様

1

「犯人は上林護《うえばやしまもる》だよ」

俺、桑町淳《くわまちじゅん》の前で神様は宣《のたま》った。

昇降口前の廊下には人の気配はなく、しんと静まりかえっている。みな十日後の運動会の練習のため、いち早く運動場に集まっていた。体育委員である〝神様〟こと鈴木太郎《すずきたろう》と俺は、準備のためにみなより遅れて校舎を出ることになったのだ。その機を逃さず、俺は尋ねたのだが、返ってきた答えが、これだった。

「上林護って誰だ？」

犯人が美旗《みはた》先生ではないことに安心するとともに、俺は初めて耳にする名前に興味を持った。

すると鈴木は意外そうに首を傾《かし》げ、

「君もよく知っている人だよ。同じクラスの上林君のお父さんだ」

「本当なのか！　おじさんが犯人だなんて」

上林泰二《たいじ》の父親ならよく知っている。下の名前までは知らなかったが、上林の家に遊びに行ったときに何度か言葉を交わしたことがあるし、少年野球や子供会の祭の際に手伝いに来てくれたこともある。口調はぶっきらぼうだが、逞《たくま》しく面倒見のよさそうな父親だった。俺の親父が、妻（母だ）に浮気され逃げられた過去をいつまでも引きずってめそめそしているような人間なので、上林をすごく羨《うらや》ましく思っていた。

「嘘ではないよ。彼が一週間前に青山《あおやま》先生を殺したんだ。そもそも僕が嘘を吐《つ》かないと考えているから、君は僕に尋ねたんだろう？」

下駄箱の前の簀子《すのこ》にしゃがみ込んで運動靴を履きながら、彼は駄目を押した。その声は真剣で、とても冗談を云っているふうには見えない。

「馬鹿馬鹿しい。どうして、上林の親父が青山先生を殺すんだ？」

「それは自分で考えるんだね。君は少年探偵団の団員なんだろ」

やおら立ち上がり、爽《さわ》やかな笑顔を向けると、鈴木は背を向けて昇降口を出た。

「おい！」

思わず呼び止めたが、彼はそのままクラスメイトが集合するグラウンドへ歩いていく。

勿体《もったい》ぶりやがって……俺は舌打ちした。

鈴木は〝神様〟らしい。少なくとも、本人はそう称している。神様が同じ小学校に通学しているなど俺には信じられないが、驚くことに同じ五年生の多くは鈴木を神様だと認めている。

ただ、鈴木が何らかの超能力を持っていることは確かだ。千里眼に近い力を。だから俺は尋ねたし、返ってきた冗談ともつかない答えに、戸惑ったのだ。

鈴木は二学期になると同時に、神降市《かみふり》というところから引っ越してきた。背が高く男前で、頭も良くスポーツ万能。当然女子にモテモテで、休み時間には常に数人の女が取り巻いている。その上性格もよく、誰にでも温厚で人当たりもいい。テストのヤマも快く教えてくれるため、定番の男子からの嫉妬《しっと》も表立ってはない。今時、嘘臭すぎてマンガにすら出てこないような完璧な人間だった。

だが、いくら完璧な人間であっても、人間は人間だ。神様にはなれない。

そんな鈴木がどうして神様だということになったのか。

一ヶ月前にクラスのマドンナ、新堂小夜子《しんどうさよこ》のリコーダーが盗まれるという事件が起こったのだが、鈴木はその犯人の名をぴたりと当てたのだ。

犯人は意外なことに、春に隣町の学校へ転校していった奴だった。もし同じ学校なら、鈴木が盗む現場を見たという可能性もあったが、時期的にもそいつと鈴木に接点はない。まさかと思いつつ、そいつの友人が問い質《ただ》したら、あっさり犯行を自供した。

どうして解ったんだ、と賞賛の眼差しに囲まれた鈴木は、

「僕は神様だから」

給食の牛乳を机に置き、事も無げに云い放った。

欠点のない人間はいないとよく云われるが、こいつもその一人だったか——。最初、俺はそう思った。鈴木をネジが一本飛んだ奴だと考えたのだ。天才肌によくいるタイプ。そしてリコーダーの件は偶々《たまたま》推理が当たったのだろうと。

ところが半月前の遠足の途中、生徒たちの列に一台の大型トラックが突っ込んでくるという事件があった。原因は居眠り運転らしい。翌日の地元紙には『あわや大惨事』という見出しで詳細が書かれていた。

その〝大惨事〟を未然に防いだのが鈴木だった。

車道脇を二列に並んで歩いていた俺たちに、鈴木はいきなり振り返ると、仁王立ちして手を広げたのだ。

「どうしたんだ？」

誰かが足を止め、尋ねる。

「まあ、すぐに解るよ」

鈴木は通せんぼをしたまま、笑顔で曖昧《あいまい》に誤魔化《ごまか》す。

「なんだ、なんだ？」

鈴木のせいで行列が詰まってきて、後方の奴も疑問の声を上げ始める。前の連中は、そんな騒ぎなど知らずに先を歩いている。

その時だった。センターラインを大きく越えた大型トラックが、ぽっかり空いた空間に突っ込んできたのだ。トラックはそのまま路肩から飛び出し、空転するタイヤとともに土手の下の畑へ落ちていく。トラックが地面にぶつかる衝撃が、地を這《は》い足許まで伝わってきた。

一瞬のことだった。もし鈴木が止めなかったら、確実に何人か轢《ひ》き殺されていた……。

「全知全能というのを知っているかい？」

これが……腰が抜け路上に尻餅をついていた俺たちに向かって、何もなかったかのように涼しい顔で鈴木が発した言葉だった。

その後、ようやく事態に気づいた教師たちが慌てて駆け寄ってきて、大騒ぎになった。

この件で、俺を含めてそれまで半信半疑だった奴も、鈴木が神様ではないにしろ、特別な能力を持っていると信じざるをえなくなったのだ。学校は気絶した児童や警察への対応で蜂の巣をつついたようになっていたが、俺たちは鈴木の神様ぶりに目を奪われていた。

以来、クラスのみならず、五年生の間では鈴木は『神様』と呼ばれるようになった。

鈴木はそれを嫌っているふうではなかった。もともと自分から名乗ったのだから当然だろう。なにせ、呼び捨てでも君でもちゃんでもなく、〝様〟づけなのだ。不満があるはずもない。

ただそれ以来鈴木は、周囲の期待に反して能力を出し惜しみしていた。

「神が関与したら面白くないだろ」

この世界は神様である鈴木が創《つく》ったという。自分が創ってある程度好き勝手させているのに、干渉したら元も子もない。創った意味がない。それがお決まりの云い訳だった。リコーダーやトラックの件は、「放っておいてクラスの居心地が悪くなるのが厭《いや》だから」とのこと。

また、人間が、いや宇宙のあらゆる被造物が神様へ訴える声は、現実世界の物理的な距離など関係なく、どこにいても平等に鈴木の耳に届くらしい。

兄を交通事故で亡くした奴が、青ざめた顔で、生き返らせてくれ、と頼み込んだことがある。だが鈴木は、みんなを生き返らせていたら地球がパンクするから生死は公平に扱わないといけないと、にべもなく断った。

日頃の温厚な鈴木に似合わない、すげない態度だった。もしアジアやアフリカの貧しい人たちがみな豊かになって長生きしたら、資源を持たない日本人は今よりずっと貧しくなる。それでもいいのかい？　人の生死はそれほどまでに重要なんだよ。

言葉の中身は、最近近所に支部が出来た新興宗教の勧誘員に似てうさん臭い。だが奴の千里眼を目の当たりにしている以上、全てが出鱈目《でたらめ》だとも思えなかった。死んだ人間を甦《よみがえ》らせる力はなくても、少なくとも真実を見ぬく眼力は持っているはずだ。

そして鈴木がいろいろ理屈をこねて能力を出し惜しみしているのは、噂が広がり、政府の秘密機関やテロ組織に自分が持つ超能力を利用されるのを恐れているからだと俺は直感していた。自分の意志に拘《かかわ》らず能力を利用されたり、人体実験のモルモットにされるのを避けるためだと。

俺は初めて鈴木に嫉妬した。そして嫉妬する自分を貧しい心の持ち主だと呪《のろ》った。

いくら鈴木が勉強が出来て先生に褒《ほ》められようが、男前で女にもてようが、気にはならなかった。俺は俺だ。だが俺はただの人間で、あいつは普通の人間にはない力を持っている。

前にいた学校ではどう扱われていたのか、尋ねてみたことがある。俺のように額面通り受け取らない、疑《うたぐ》り深い奴もいただろう。すると前の学校では、神様であることを一人だけにしか打ち明けなかったらしい。

どうしてここでは公言しているのか訊くと、

「同じではつまらないからね。君は寿司が好きみたいだけど、毎日三食が寿司だとすぐ飽きるだろ。人間は簡単に変われないからそうしないだけで、僕は好きなときに好きなだけ変われるから、その時々で生き方を変えているんだよ。元々退屈しのぎに来たんだから。神様というのはする事がなくて退屈なものだからね」

話では、小学生どころか大人、老人、あまつさえ女子高生やOLにもなったことがあるという。鈴木の女装なんて想像するだけでも反吐《へど》が出るが、この学校のマドンナたちなど足元にも及ばない美人だったらしい。

このことを取り巻きの女たちに話せば反感を喰らうかもと、俺は姑息にも考えてしまったが、誰も信じるわけもなく、むしろ俺が嘘つき扱いされるだけだろうとすぐに諦《あきら》めた。

「何にでもなれる奴が、どうしてこんな片田舎で、人間の格好をして暮らしているんだ？」

「君がここの暮らしを不便に感じるのは、空間を超越できないからだよ。僕には時空はあってないようなものだからね。この世で一番不便なのは全知全能というやつだ。不自由があるから人は前を向いていられる。まったく全知全能ほど退屈なものはないよ」

〝退屈〟を強調するわりには、とても退屈そうに見えない。毎日、女にきゃあきゃあ囲まれてとても楽しそうだ。

「神様が俺たち人間を創ったんだろ」

「そうだよ。人間だけでなくこの世界もね。宗教によっては六日かけたとかいわれてるが、実際は一瞬で、そんなに時間はかからなかったよ。そもそも時間というのは概念でしかなく、僕とは無縁のものだし」

「じゃあ、そんな奴がどうしてここにいるんだ？　それ以前に、全知全能の神様に〝退屈〟という感情があるのか？」

「理解できないかい？　例えば、君が野原で巣から出てきたばかりのアリを悪戯心《いたずらごころ》を起こして摘《つま》み上げたとする。君にとってはただの気まぐれにすぎないだろう。しかしアリからみれば、どうして巣から出た途端、自分の何百倍もある大巨人に持ち上げられたのか、全く理解できないだろうね」

「つまり人間には、神様の行動や心中なんて推し量れないと云うわけか」

「そう」と憎らしいほどハンサムな笑顔のまま鈴木が頷《うなず》く。「〝退屈〟というのはあくまで人間に理解しやすい表現を使っているにすぎない。人は空を飛ぶことも出来なければ、自由に姿を変えることも出来ない。つまり様々な制限を課されているわけだ。そんな中で、感情だけは全て与えられていると思いこむのは、とんだ間違いだよ。人間に認識できない感情など山ほどある」

人間には理解できない感情でもって、俺たちの前に現れている。だから訊いても意味はない……鈴木はそういうことにしたいのだろうが、俺には「これ以上突っ込んだ質問はするな！」というシグナルにしか見えなかった。

そもそも神様の自己防衛の戯言《ざれごと》にまで、つき合うつもりはない。まるでボロを出すのを待っているみたいで、性に合わないからだ。

それに神様だろうが超能力者だろうが、人間以上の力を持つ奴に近づけば、自分が惨《みじ》めに感じられるだけだ。以来、俺は〝神様〟とは距離を置くことにした。

そんな俺が人気《ひとけ》がないのを見計らって神様に犯人の名を訊いたのには理由があった。担任の美旗先生が殺人の容疑をかけられていたからだ。

美旗先生は二十代半ばのまだ若い教師で、今年から俺たちのクラスを受け持っている。生真面目で優しい先生だ。

学生時代は東京の体育大学で柔道をやっていたらしい。二メートル近いガタイで、階級は重量級。婦人用自転車に跨《また》がり、毎日壊れそうな音を立てて登校してくる姿は、遠くにいても一目で判別できた。重量級といっても力士みたいなあんこ形ではなく、雪男タイプの巨漢だったので、〝イエティ〟と陰で呼ばれていたりする。俺は呼んだことはないが。

その美旗先生が、一週間前に起きた殺人事件の容疑者として警察から疑われている……。この情報をもたらしたのは、早耳で有名な丸山一平《まるやまいっぺい》だった。母親がＰＴＡの役員をしているので、その手の噂話の入手が早く、同時に拡散源にもなっている奴だ。

丸山の話によると、事件の被害者は隣の霞ヶ丘《かすみがおか》小に今年赴任してきた青山という体育教師。青山と美旗先生は同じ高校、大学の柔道部員だったらしい。ガタイだけでなく年も同じで、実力も伯仲していたらしく、チームの代表には美旗先生が選ばれたり青山が選ばれたりしていたようだ。明確な実力差がなかったためか、いつの間にか二人の許に派閥が出来ていき、自然と当人たちも犬猿の仲になったという。

美旗先生は怪我《けが》のため大学を卒業してすぐに教職に就いたが、卒業後しばらく続けていた青山も、後進に押され柔道を諦め教師になったという。もともと同県出身なので、この小さな吾祇《あぎ》市で運悪く顔を合わせる事態になってしまったようだ。

間の悪いことに、事件のひと月前、殺人現場付近で二人が口論しているところを通りすがりの人に目撃されていた。

現場は人気のない一本道なのだが、二つの小学校の校区の境となっている林を東西に貫く道で、美旗先生が西から東へ、青山が東から西へとそれぞれの学校から帰るのに使っていたらしい。いつもは通る時間が違うのだが（青山が一時間ほど早い）、その日はたまたま残務整理で青山の下校が遅れ、鉢合わせした。口論の原因までは丸山も知らないが、互いに胸ぐらをつかみ合い、目撃者が止めなければ喧嘩になっていたようだ。

それからひと月後、路上に倒れている青山の死体を発見したのも、下校途中の美旗先生だった。

＊

犯人は本当に上林の父親なのだろうか……。

夕方、殺人現場に佇《たたず》みながら俺は考えていた。

六時近くになり、既に日は暮れている。両側に雑木林《ぞうきばやし》が生い茂る人気のない路上に、二十メートルおきに並んだ古い街灯が、ぼんやりとした光を落としている。

その中で前後の二基だけが、真新しい光を煌々《こうこう》と投げかけていた。単なる偶然で、殺人が起こったために新調されたわけではないだろう。だが、奪われた生命の代わりに灯っているようにも見える。

その時、突然、林の中から物音がし、俺は思わず飛び退《の》いた。視界の隅に、一匹のタヌキが道を横切っていくのが見える。

「脅かすなよ」

タヌキが消えていった真っ暗な雑木林の奥に向かって、俺は独りごちた。

センターラインもない一車線のこの平坦な一本道は〝幽霊通り〟と、俺たちの間では呼ばれている。由来は単純で、文字通り幽霊が目撃されているからだ。久遠《くおん》小にも目撃したという電波女が何人かいる。もちろんリアリストの俺は、幽霊の存在など全く信じていない。

幽霊の正体は、二十年前に交通事故で死んだ少女であったり、この道が作られたとき最後まで立ち退きを拒否して土建屋に殺された婆さんだったりと様々だ。中には吾祇名産のかた焼きを数え始め、「一枚足りない」と嘆く女の幽霊がいるというふざけたのもある。いずれにせよ、このインターネット時代に正体をめぐり紛糾しているということは、原因となりうる事件がないということだ。

幽霊通りに入るとすぐ家並みが消え、街灯だけになってしまう。両側を雑木に遮《さえぎ》られ、遠くの街明かりも見えない。交通量も少ないため、急に心細くなるわけで、そこから幽霊の尾鰭《おひれ》がついたのだろう。さっきのタヌキも少しは貢献しているかもしれない。

きっとこれからは女ではなく、大男の幽霊話にすり替わっていくことだろう。

青山が殺されたのは、一週間前の同じ六時頃だった。その日は朝から雨が降り続き、夜になっても雨脚は強くなりこそすれ、弱まることはなかった。

いつものように学校から帰る途中だった美旗先生は、この辺りで倒れている青山を発見した。自転車が倒れ、傘も脇に落ちていたという。青山の背中は血塗《ちまみ》れで、美旗先生が抱き起こしたときは既に息は絶えていたらしい。ただ、雨の中にもかかわらず身体が温かかったので、殺された直後だったようだ。前の喧嘩の時と同じように、この日も青山は残務で一時間ほど遅れて下校していた。

警察の調べでは、青山は下校途中、自転車に乗っているところを背後から襲われたようだ。背中が包丁で滅多突きにされており、抵抗した痕《あと》も見られない。引退したとはいえ元柔道家だ。それなのにあっさりと殺されたのは、雨のせいで犯人の近づく足音が掻《か》き消され、また自転車を漕ぐスピードも遅かったせいだと考えられた。

丸山の話では、青山の下校時間がイレギュラーなものであったため、計画的犯行ではなく、衝動的な犯行か通り魔的な無差別犯と考えられているらしい。

ちなみに凶器の包丁は量販店で売られているものだが、新品ではなく、使い古したものだった。指紋等は拭き取られていたようで、検出されていない。

美旗先生が疑われていると聞くまで、俺は事件には興味がなかった。隣の小学校の教師なんて顔すら知らないし、事件の翌日、校長が朝礼台から集団で下校するようにくどくどと訴えていたのを鬱陶《うっとう》しく思ったくらいだった。

だが美旗先生には恩がある。それで丸山に詳細を訊き、迷った挙げ句に神様に尋ねたのだが……返ってきた答えが上林の父親では釣り合いがとれない。上林は親友と呼ぶほどではないが、昔からの友人だ。

足許にはうっすらと血の痕が残されていた。古びたアスファルトに染み込んで取れなかったのだろうか。白線のヒトガタや立入禁止のテープといった捜査の痕跡は既に撤去されている。交通量が少ないといっても一般道なので、一週間も放置しておくわけにはいかないのだろう。

血の痕だけは踏まないように注意しながら、どうしてここに来たのか、俺は反芻《はんすう》してみた。

鈴木の言葉を信じたいのか。信じたくないのか。

肌寒い風が俺の首筋を撫でたその時、前方から小さなライトが近づいてきた。自転車のようだ。ガキが夜の殺人現場でうろうろしているのは世間体が良くない。顔を伏せてやり過ごそうとした

が、

「どうしたの？」

ブレーキの金属音と同時に呼びかけられた。顔を上げると、新堂小夜子が片足をついて停まっていた。

「もう真っ暗なのに、こんな場所で。少年探偵団だから、探偵の真似事でもしているの？」

オペラ歌手になれそうな甘いソプラノで、小夜子が尋ねかけてくる。

俺は小夜子が苦手だった。家が隣で昔からの顔なじみ。そのせいかなにかと馴《な》れ馴れしい。同い歳にもかかわらず、身長が数センチ高いせいか、年上ぶる所も気にくわない。本人は姉貴分のつもりかもしれないが、俺から見れば口うるさい小姑《こじゅうと》だ。

「何もしてないから、さっさと行けよ。あと、久遠小探偵団だ」

右手で追い払いながら、思わず俺は訂正する。少年探偵団などというジャリ臭い呼ばれ方に辟《へき》易《えき》していたからだ。

俺の気持ちなどお構いなしに、小夜子は自転車のスタンドを下ろしてこちらに近づいてくる。お椀を伏せたような大きな瞳をニヤニヤさせながら、

「殺された青山先生って、淳と全然関係なかったよね。それとも実は知り合いだったの」

小夜子は前髪をヘアピンで留めて広い額を露出させ、柔らかそうな黒髪を後ろで結い上げているのだが、興味津々《しんしん》の様子で尋ねるたびに、その後ろ髪が視界にちらついた。

「いや、知らない」

律儀に答える自分が呪わしい。あの後ろ髪の揺れには催眠術の効果でもあるのかと思うくらい

だ。

だが、小夜子も美旗先生が疑われていることまでは知らないようだ。

ほっとしたのも束の間、小夜子は猫のように目を細めると、

「今日の昼、鈴木君と話してたでしょ。もしかして、神様に犯人を訊いていたとか」

鋭い女は嫌いだ。

「図星だったの？　淳って、神様なんか嘘っぱちだって云ってなかったっけ。実は信じてたんだ」

小馬鹿にするように鼻を鳴らす。見目《みめ》がよく外面《そとづら》もいいため、クラスのマドンナとか持ち上げられているが、一皮剝《む》けばこの有様だ。もっと他の奴にも剝けたところを見せてやればいいのに。マドンナがついに脱いだ！　と話題騒然となるのは間違いない。

「なんだ。リコーダー泥棒を見つけてもらったのに、お前こそ信じてないのか」

「当たり前じゃない。サンタ・クロースがフィンランドでぬくぬくしている方がまだ説得力があるわよ」

そういえば、小夜子は神様を取り巻いていないことに気がついた。遠足の日は風邪で休んでいたので、トラックの件を直接目にしていない。そのせいもあるだろう。

「でも、変ね。苦しいときの神頼みっていうけど、何が淳をそこまで追いこんだの？」

俺の目を見つめながら、下から顔を近づけてくる。香水でも使ってるのか、甘い匂いが鼻腔をついた。

俺は視線を逸らすと、

「いいだろ。ちょっと興味を持っただけだ」

「ちょっとねぇ……それで、神様は犯人を教えてくれたの」

「……いや、教えてくれなかった」

即座に俺は嘘を吐いた。我ながら上手く反応できたと思う。云えるはずもない。神様が上林の父親を名指ししたなんて。

「相変わらず出し惜しみをするのね、あの神様」

「しかたない。神頼みばかりしてたら、ろくな人間にならないからな」

「悟ったようなことを。神頼みしたくせに」

白い八重歯を見せて小夜子は笑うと、

「でも、訝《おか》しいわね。それなら淳がここに来る理由がなくなるわけだけど。……本当は犯人の名前を教えてもらったんじゃないの」

「聞いてないって云ってるだろ。それより小夜子こそどうしてここにいるんだ？　通り魔に襲われるぞ」

「それはお互い様でしょ。塾の帰りなの」

自転車に目を向けると、前カゴに私用のカバンが載せられていた。女の子らしいピンクを基調とした色合いだ。

「一昨日《おととい》はお母さんが車で送ってくれたけど、ぎっくり腰になっちゃって。それで今日はひとりで行くことになったの。危ないと思うんだったら、送ってくれる？　淳も自転車なんでしょ」

「俺はまだ用事があるから」

そう断ろうとした時、チェーンがミシミシ軋《きし》む音と共に、自転車が一台近づいてきた。

「お前ら、何をしているんだ。こんなところで」

聞き慣れた野太い声。美旗先生だった。

「通り魔が彷徨《うろつ》いてるかもしれないのに、危ないだろ」

太い眉をつり上げ、こちらを睨《にら》みつける。教師の中には、八つ当たりのような叱り方をする者もいるが、美旗先生の眼や口調はいつも本気だった。生徒のことを思っているのがダイレクトに伝わってくる。俺もそれに助けられたのだが。

「もう帰るところだったんです」

小夜子が要領よく笑顔を浮かべた。隣の俺は、言葉もなく俯《うつむ》くだけ。

「まったく。もう遅いから、二人とも家の近くまで僕が送ってやるよ」

美旗先生は自転車の向きを変えると、俺たちに自転車に乗るよう促した。丸太のような太い手で、ポンと背中を押される。掌《てのひら》の大きさに安心感を覚えると同時に、小夜子を送るべき自分もまとめて先生に送られていることに、少し屈辱を感じた。

「先生……先生は道を変えたりしないの。あんな事があったのに」

しばらく無言で併走していたが、幽霊通りも出口に近づいた頃、俺は思い切って尋ねてみた。

「ん、僕か?」街灯の薄明かりの下、美旗先生がこちらを向く。「ここが一番平坦で近道だからなぁ。青山先生のことは残念だが、もし通り魔が出たら、あいつの仇討《かたきう》ちをしてやるよ」

呑気なのか熱いのか解らない。

「でも、ここって幽霊が出ることで有名でしょ。先生は毎日通っているけど見たことはないの？」

　小夜子が余計なことを尋ねる。

「幽霊？　ないなぁ。僕は別に悪いことをしてないからな。幽霊とかお化けは、心に疚《やま》しいことがあるときに見るものなんだよ。……それよりお前ら、青山先生の幽霊とか云い出すんじゃないぞ。もしそんな噂を耳にしたら、ご家族が哀しむからな。幽霊になるということは、あの世に行けず成仏出来てないってことなんだから」

　柔らかな口調とは対照的な真剣な眼差しに、俺は少し安心した。

2

　翌朝、俺は登校してきたばかりの鈴木を捕まえると、非常階段の踊り場に引っ張っていった。

「どうしたんだい？」

　理由を知ってか知らずか、鈴木は大人しくついてくる。非常階段は校舎の外についているので、廊下の喧噪は踊り場まで聞こえてこない。逆もまたしかり。

「大事なことを忘れていたんだ。昨日のこと、誰かに話したか」

「昨日のこと？　ああ、青山先生を殺した犯人のことかい」

「そうだ。犯人の名前、話してないだろうな」

　もし犯人が上林の父親だと広まったら大変なことになる。教師達は信じなくても、神様を信じているクラスの連中は鵜呑《うの》みにするだろう。そうなれば上林は針の筵《むしろ》だ。

「話してないよ。誰も訊いてこないからね」

ほっと胸を撫で下ろす。同時に不安が鎌首を擡《もた》げた。

「それじゃあ、誰か他の奴に訊かれていたら話してたってことか。それは止めろ。誰にも云うな」

「えらく命令口調だね」

とはいうものの、涼しい顔のままで怒っている気配はない。

「大丈夫だよ。誰にも云わないよ。君だから話したんだから」

「そうか……サンキュー。しかしなんか薄気味悪いな」

「はは、裏はないよ」快活に鈴木は答えると、「僕の言葉を鵜呑みにするような人間に教えても仕方ないだろ。バッターがいないマウンドで球を投げるようなものだから。君なら自分で答えを見つけられると思ってね。探偵団の一員でもあることだし」

上から目線は気に入らないが、どうやらこの神様は、俺や久遠小探偵団を気に入っている様子だ。

「……俺たちが答えを見つけられると知っているのか？」

「さあ、どうかな。僕は知ろうと思ったことしか知らないようにしているからね」

禅問答のような答え。俺は呆れて視線を逸らせる。

その時、校門をくぐったばかりの市部《いちべ》と視線があった。

市部始《はじめ》は、俺の幼稚園時代からの幼なじみで、久遠小探偵団の団長をしている。勉強は出来るし頭も切れる。スポーツはそこそこで、リーダーシップもある。それゆえ現在、児童会の書記を務めている。五年生で児童会の役員になるのは三年ぶりのことらしい。

ただ顔は、お世辞にも男前とは云えなかった。そのため転校してきた〝ミスター・パーフェクト〟になにかと話題を奪われているが、男からの信頼は依然ぶ厚いものがある。

その市部が春に、探偵団を組織すると突然云いだした。もともと推理小説ばかり読んでるミステリオタクで、「知ってるか、シャーロック・ホームズにはマイクロフトというもっと賢い兄貴がいるんだぜ」とか、「知ってるか、デアンドリアとパパゾグロウは夫婦だったんだぜ」とか、下らないことを一々自慢してきていた。幼なじみの顔を立てて愛想良く相槌《あいづち》を打っていたので、どうも俺のことを同じミステリオタクと勘違いしたらしい。「秘密基地は卒業だ。これからは探偵団が俺たちに相応《ふさわ》しい！」よく解らないスローガンで誘ってきた。そもそも俺は秘密基地すら行った覚えがない。

五年生にもなって少年探偵団はないだろうと思ったが、熱意に圧倒されたのと、俺自身がクラスから孤立し始めていた時期だったので、組織名から〝少年〟の二文字を取ることを条件に参加することにした。真っ先に自分に声を掛けてくれたのが嬉しかったというのも少しはある。

それからの市部はアクティヴで、瞬《また》く間に三人の同志を見つけ、一週間後、五年生ばかり五人の久遠小探偵団が正式に誕生した。

ただ久遠小探偵団には顧問の教師も、明智小五郎《あけちこごろう》のような優れた指導者もいないので、この半年、空巣を捕まえるのがＭＡＸの活動をしていたのだが……。

「さて……」

放課後、児童会室の扉を前に、俺は溜息をつきながら逡巡していた。面倒な奴に目撃されてしまった。当然、今朝のことを訊かれるだろう。

児童会室は、児童会の会議がないときに限り、久遠小探偵団の本部になっていた。児童会で一番下っ端の市部に、空き時間とはいえ児童会室を専横出来る権限などないのだが、捕まえた空巣が入ったのがＰＴＡ会長の家だったことと、社会体験学習に力を入れている校風もあって、使用を認めて貰っているのだ。もちろん前提として、市部に対する教師や児童会の信頼があってこそだが。

扉を開けると、既に三人の団員が部屋の中にいた。市部に丸山一平、比土《ひど》優子《ゆうこ》。こんな田舎の吾祇市でも学習塾に通う奴は多く、放課後に団員全員が揃うことは希《まれ》だ。ひどいときには俺と市部だけということもある。俺は父親が勉強をとやかく云わないし、市部は塾無しでもトップクラスの成績を収めている。

上林がいないことにほっとすると同時に、あとの二人もいなければなおのこと良かったのにと、俺は舌打ちした。

丸山は小柄で軽口ばかり叩いている。一緒のクラスになったことがないので、探偵団が出来るまではほとんど話をしたことがなかったが、市部とは一、二年の時に同じクラスだったらしい。父親が市会議員、母親がＰＴＡの役員で、ときどきブルジョワぶりを鼻にかける噂好きの男だが、悪意のある嘘は吐かないので、そんなに嫌いではない。また、丸山も市部ほどではないが推理小説好きで、仁木悦子という作家のファンとのこと。

市部を挟んで丸山の反対側に座っている比土優子は、市部と同じ小字《こあざ》に住む自称〝市部の将来の恋人〟だ。なぜ〝将来〟なのかといえば、市部が整形して男前になることが条件だそうだ。といっても市部が熱を上げているわけでもなく、比土が一方的にまとわりついているだけなのだが。

俺には理解できない感覚だ。

理解できないことはもう一つあり、比土はいわゆる霊感少女だった。幽霊通りで老婆の幽霊を目撃したと主張している一人でもある。色白の醬油顔で、眉の前でばっさり切られた前髪と合わさって、本人がお菊人形みたいな見目をしている。

霊感少女に神様が本物かどうか尋ねたことがある。返ってきた答えは、「鈴木君には守護霊が見えないから本当に神様かもしれない」というものだった。それ故か、自分の聖域が大上段から蹴散らされたためか（霊感なんて全知全能の神様の足元にも及ばない）、鈴木からは距離をとっているようだった。

「遅かったな」

いつもと違い、仏頂面で市部が俺を迎え入れる。そしてすぐに、今朝の話を振ってきた。ミステリオタクだけあって推理も冴《さ》える。

「神様に事件のことを訊いていたんだろ」

「ああ」

「で、教えてくれたのか」

「……いや」

戸惑ったのが運の尽き。「嘘だな」と市部は即座に断定した。

「ああ、嘘だ。本当は教えてもらった」

親友には嘘を吐き通せない。俺は正直に打ち明けた。

やっぱり、という表情の市部に対し、丸山は大きく身を乗り出して驚いている。そして「そうか……神様に訊くっていう手があったんだな」と、妙なところで感心していた。

対する比土は表情を変えないまま、膝の上に置いた細い指を組み替えて、

「あなたも神頼みするのね」

と、小夜子みたいな事を云う。

「それで、犯人は誰だったんだ。まさか美旗先生が……」

美旗先生が疑われていることは、メンバー全員が知っている。噂の発信源が探偵団にいるのだ。

「美旗先生じゃなかった」

ほっとした空気が児童会室に流れた。

「じゃあ、誰なんだ。もしかして、霞ヶ丘小の生徒なのか」

小学生が犯人だなんて、ミスオタの市部らしい突飛な推理だが、神様は一枚上手《うわて》だ。

「すまん。今は云いたくないんだ」

伏し目がちに俺は首を振った。

「どうしてなんだ。……まさか、俺たちが知っている人間なのか」

市部が腰を浮かす。俺はポーカーフェイスを維持しようと努力しながら、

「それも云えない。まだ心の整理がついていないんだ。でも必ず、必ず今度教える」

俺は約束を違《たが》えない。市部も承知しているので、少々不満げだったが、「分かった」と大人しく引き下がった。

だが、丸山は納得いかないらしく、

「気を持たせるなんて、神様と同じじゃないか。……そうだ、神様に訊いてくる」

「勝手にすればいい」

俺は吐き捨てた。どうせ丸山には教えないだろう。何となく確信があった。丸山と同列に扱われたくないというエゴが、そう錯覚させているだけかもしれないが。

超能力者から見れば、俺も丸山も単なる凡夫だ。

*

次の集会は週明けの月曜日。三日引き延ばしたところで、どうかなるものではない。そんなことは解っている。

鰯雲《いわしぐも》が空一面に広がる日曜の午後。俺は上林の家の前まで行ってみた。もちろん上林には何も話していない。

上林の家は自転車で十分ほどのところの高台にある。生け垣に囲まれた一軒家。この辺りは新興住宅地なので、似たようなデザインの家が多い。

垣の隙間から覗いてみると、上林の父親が縁側に腰を下ろしていた。薄手のシャツにジャージといったラフな格好。少し赤ら顔なのは、酔っているせいだろう。脇に栓が開いた瓶ビールとグラスが置いてある。

勤めている工場が二ヶ月の休操で、ここひと月、一日中家にいると云っていた。何もすることがなく、真っ昼間から酒を飲むこともしばしば。学校から帰ってくるといつも酒臭いと、上林がぼやいていたことを思い出す。

しばらく見ていると、上林が奥から現れた。

「パパ。宅配便の荷物が重いんだ。運ぶの手伝ってよ」

「なんだ。ママと二人じゃ無理なのか」

「出来なくはないけど。パパ、最近ずっとごろごろしてるだけじゃない。ちょっとは手伝ってくれてもいいんじゃない」

「ごろごろじゃない。来月まで英気を養っているんだ。……ああ、解ったよ。そんな目で見るな。今から運んでやるから」

やれやれといったふうに肩を竦《すく》め、上林の父は奥に引っこんでいった。ホームドラマに出て来そうな和《なご》やかな光景。とても人を殺《あや》めた人間には見えない。

俺は生け垣をかき分けていた手を放すと、上林の家に背を向けた。羨ましいとは思わなかったが、上林は幸せ者だと思った。

鈴木の言葉が正しければ、この光景がいずれ終焉《しゅうえん》を迎える。この世に終わりのないものはない。だが適正な時期というものがあるはずだ。

高台からの帰り道、途中の小さな公園のブランコに座っていると、小夜子から声を掛けられた。

「何をしているの？」

入り口に自転車を停め、こちらに近づいてくる。

「今日も塾なのか」

「ううん、今日は買い物よ」

言葉通り、大根と白ネギがエコバッグから突き出ていた。

「お母さんのぎっくり腰がまだ治らないから。お兄ちゃんは部活ばっかりで家事なんてしないし」

小夜子の兄は中学生でバスケ部に入っている。俺と三つしか違わないが、羨むほど背が高く、一七五センチはある。

「この公園が事件と関係があるの？」

「いや。捜査なんかしてない。少しばかり感傷にふけっていただけだ」

「嘘ばっかり」

全てを知っているような顔で、小夜子は隣のブランコに腰掛ける。キコキコとブランコの鎖が軋む音が聞こえてきた。この場に居座るつもりのようだ。

それならばと、俺が立ち上がろうとしたとき、

「当ててみましょうか。淳は神様から犯人の名前を教えてもらったけど、それを独りで抱えて困っている。図星でしょう？」

答えは俺の顔に出ていたのだろう。くすくすと含み笑いを洩らす。

「別に困っているわけじゃない」

強がりを云ってみたものの、小夜子には通じなかったようだ。

「素直じゃないわね。……でも不思議よね。どうして神様をそこまで信用できるの。今回はリコーダーの件とはわけが違うのに」

「俺は鈴木のことを神様とは思ってはいない。でも、あいつは某《なにがし》かの超能力を持っていると思

う」

「まるで鈴木君の代弁者ね。でもその能力は絶対間違わないというのでもないんでしょ」

「俺も完全に信頼しているわけじゃない。だから困っているんだ」

嘘であってほしい。希望があるからこそ迷いが生じる。現場へ行ったり、上林の家を覗いてみたりしたのもそのためだ。

「とにかく、あいつは普通の人間にはない力を持っている。俺やお前にはないものを」

「あのねぇ」

小夜子は真っ黒な瞳で俺を見つめると、大きく溜息を吐いた。

「淳は無い物ねだりが強すぎるのよ。何だってそう。この前まで夏で今は秋なのに、あなたはずっと冬のままよね。昔は心配になるほど大人しかったのに」

「意味が分からない」

俺は激しく首を振り、立ち上がった。これ以上話しても傷口を抉《えぐ》られるだけだ。

だが、小夜子は阻止するように素早く俺の手をとると、

「もう一度、現場に行けばいいじゃない。自分の頭で考えなおしてみたら、迷いも少しはなくなるでしょ」

小夜子は俺の手を引っ張って、強引に自転車まで連れて行った。いったい何処《どこ》に潜んでいたのかと思うほど、小夜子の力は強かった。そして俺はなぜか逆らえなかった。

幽霊通りには相変わらず人や車の影は見られない。閑散としたものだ。町からほんの数分で、

山奥にでも来てしまった錯覚を覚える。ただこの前と違ってまだ陽が高いので、背筋を這い登ってくるような淋しさは感じられない。

「ほら、ここが現場なんでしょう。まだ血が残ってるわ」

平然と指さす小夜子に、俺は呆気にとられた。実際に血の痕を見れば、怯《おび》えるものと思っていたからだ。

「怖くないのか」

「淳は怖いの？」

眼を細め、小夜子がバカにしたように笑う。そのまま踏みつけて歩き出しそうな勢いだ。

「俺は怖くなんかない」

「死んだおじいちゃんがよく云ってたわ。怖いのは人間で、それ以外はなにも怖くないって」

表情に少しだけ影が射した。小夜子はおじいちゃん子だった。小夜子の祖父が脳溢血《のういっけつ》で死んだのは二年前のことだ。

「確かに一番怖いのは人間かもしれない。でもこの血痕には、その人間の悪意が凝縮されてるんだぜ」

「モノはモノ。人は人よ」

いくら祖父の教えとはいえ、ここまで見事に割り切れるものかと、俺は感心した。

「淳は否定していたけど、神様に訊いて色々調べているんでしょ。やれることはしないと気が済まない性質《たち》だし。あの公園も淳は普段行かないし、近くに用があったんじゃないの」

「お前の方がよほど探偵に向いているな」

一陣の秋風が林を通り過ぎ、ざわと樹々を揺らす。小夜子は髪を抑えながら、

「女の勘よ。女にも良いところがあるのよ」

小夜子は俺の額を人差し指で小突いた。そして無言のままの俺に向かって包容力のある笑みを浴びせると、

「お兄ちゃんに聞いたんだけど、道の両脇にタバコの吸い殻が一本ずつ残っていたそうよ。通り魔じゃなくて、犯人が青山先生を狙って待ち伏せしていた証拠かもって。もちろん無関係なのかもしれないけど」

「雨の中でタバコを？　すぐ消えるんじゃないのか」

「タバコを吸う人って、心を落ち着かせるために、一口だけでも吸いたくなるんでしょ」

ふと先ほどの上林の家を思い出す。縁側のビール瓶の隣には灰皿が置かれていた。

「銘柄は？」

「そこまでは解らないわ。お兄ちゃんもバスケ部の先輩から聞いただけだから」

「でも、どうして道の両側に」

「ベストポジションを探していたんじゃないかしら」

「姿を隠すのにか。でも一車線の細い道なんだからどちら側に隠れようが同じなんじゃないのか」

「しっくりこなかったんでしょうね。ほら、座布団の少しの綿《わた》の偏《かたよ》りが気になる人っているでしょ」

俺のことを指しているのだろう。確かにこれから人を殺そうというのなら、そういう些細《ささい》なこ

とが気になるかもしれない。しかし……上林の父親は、そんな神経質なタイプではなかったはずだ。

その時、デジャヴのようにチェーンが軋む音が遠くから聞こえてきた。案の定、美旗先生だった。

「またお前らか」

この前と違って、美旗先生は本気で怒っているようだった。ガシャンと大きな音で自転車のスタンドを下ろすと、幅広の肩を怒らせつかつかと近づいてくる。

「今日はまだ陽が高いからいいでしょ、先生」

柳に風で小夜子が唇を尖《とが》らせる。こんな時、人当たりがいい女は得だと思ってしまう。俺が反論しようものなら、説教が倍に増えるだけだろう。

「何を云ってるんだ。通り魔は夜だけとは限らないんだぞ。それにこんな人気のないところは、昼も夜も関係ない。子供二人でうろうろするような場所じゃない」

首根っこを摑みかねない勢いで、美旗先生が手を伸ばした。俺は思わず首を竦めたが、小夜子はするりと身をかわすと、

「二人だからダメなんですか？　じゃあ三人だったらいいんですか？」

「また屁理屈を……」先生は一瞬顔を顰《しか》めたが、「それじゃあ云い直す。子供だけでうろうろするような場所じゃない。たとえ十人いてもだ。これでいいか」

結局、この前と同じように、先生に送ってもらうことになった。再び屈辱で喉《のど》が締めつけられる。

「なんだお前ら、今日は二人とも黙りこくって。少しは反省したようだな。お前たちに何かあれば、先生も親御さんも哀しいからな」

叱りすぎたと思ったのだろうか。幽霊通りを出ても無言だった俺たちに、うって変わった優しい声を投げかける。

「美旗先生」

俺は思い切って尋ねた。

「ん？　なんだ」

「先生は神様を信じる？」

突拍子もない質問に、美旗先生は少し戸惑っていたが、何かに思い至ったらしく、

「神様……なんか鈴木がクラスでそう呼ばれてるらしいな。悪口じゃないようだから、とやかく云わないが、貶《おとし》めるだけでなく持ち上げ過ぎるのも、結局は仲間外れをすることになるんだぞ。程々《ほどほど》にしとけよ。それに人間はどこまでいっても人間なんだよ。人間を越える別のモノになれるとか考えるのは、無意識にせよ甘えている証拠だ。僕も幸い体格には恵まれていたけど、練習を人一倍やっていたから柔道が強くなれたんだ。変な夢を見て努力を放棄したら、駄目になるだけだからな」

片手をハンドルから離すと、美旗先生は俺の頭を優しく撫でた。だが今聞きたいのはそういうことではない。

「先生って、神様は信じない人なんですか？」

代弁するように、反対側の小夜子が尋ねかけた。

「いや、信じてるよ。人事を尽くして天命を待つって意味ならな」

もし先生が鈴木の超能力を目の当たりにしたらどういう反応を示すのだろうか？　少し興味が湧くと同時に怖くもあった。

3

翌日の集会には、運が悪いことに上林も来ていた。これなら素直に前回話しておけば良かったが、後の祭りだ。

「今日は教えてくれるんだろうな」

市部が最後通牒《さいごつうちょう》を突きつける。

俺は、渋々頷いた。ちらと上林を見やると、彼は無邪気に好奇の眼差しでこちらを見ている。経緯は市部か丸山から聞いているのだろう。

上林は良い奴だ。丸山のように口も悪くない。ただ少し大人しく、意志の弱いところがある。探偵団に入ったのも、ミステリ好きだからというわけではなく、市部に強引に誘われたからに過ぎない。

「で、誰なんだい。神様が云った犯人というのは」

お預けを喰らっていた犬のように、興味津々の様子で丸山が尋ねる。この三日間、そのことで頭がいっぱいだったのだろう。

俺は一同を見回し大きく息を吐いたあと、覚悟を決めて答えた。

「神様が云った名前は、上林護だ」

「誰だそれは？」

市部の問いに被さるように、

「パパが？」

上林が叫んでいた。みなの視線が一斉に上林へと向けられる。

「本当なのか、桑町さん。本当に神様がそう云ったのか」

縋《すが》るような眼で、上林は俺を見た。彼は探偵団の中では一番、〝神様〟を信じていた人間だった。

「ああ、嘘じゃない。そもそも俺はお前のお父さんの名前までは知らなかったし」

「上林のお父さんが……でもどうして」

ようやく情報の整理ができたのか、丸山が眼をぱちくりさせながら訊いてくる。事の重大さを悟った市部は腕組みして俯いている。右隣の比土もさすがに少しは驚いたようだ。クールフェイスが少しだけ崩れていた。

「それはあいつも話してくれなかった。探偵団なんだから自分たちで考えろとだけ云って」

「で、お前はどう思う？　それが嘘かどうか。それを見極めるために、ここ数日ずっと抱えていたんだろう」

真剣な眼差しで、市部が問いかけてきた。

「解らない」俺は正直に首を横に振る。「俺はあいつが神様だと信じてるわけじゃないが、逆に詰まらない嘘を吐くような奴とも思えない。何らかの根拠や確信があるはずだ」

「確かにな。神様かどうかはともかく、鈴木は軽率なやつではない」

「本当かどうか、神様に訊いてくる！」

耐えきれなくなったのか、上林が立ち上がった。リンゴのように血色が良かった顔がいつの間にか真っ蒼になっている。

「やめとけ。逆に噂が広まるだけだ」

慌てて俺は制した。

神様の周囲には取り巻きの女どもがいつもくっついている。そんな中にパニック状態の上林が飛び込んでいったら、袋叩きにされるのは火を見るより明らかだ。腕力はともかく、奴らの方が上林より遥《はる》かに口が立つ。そもそもせっかく俺が口止めを頼んでいるのに、水の泡だ。〝犯人〟の名は野火の如く千里を駆けるだろう。

混乱の中でもその程度は理解できたのか、上林は唇の端を噛《か》みしめ、ドンと拳で机を叩く。

「どうして、パパが犯人なんだよ！」

「鈴木は俺たちで考えろって云ったんだよな。だから考えればいいんじゃないのか。本当に上林の父親が犯人なのか」リーダーらしい威厳を持った声で市部は場を鎮めると、「お前もそう考えて現場に向かったんだろ」

「ああ」

仏頂面で俺は頷く。

「何か発見はあったのか」

「いや。ただ眺めていることしかできなかった」

「現場って幽霊通りだろ。幽霊が怖くて直《す》ぐに帰ってきたんじゃないのか?」

丸山としては場を和ませるつもりだったのかもしれない。しかし今の俺にそんな余裕はない。

「もう一度云ってみろ」

胸ぐらを摑むと、丸山はびっくりしたように目を開き、「ごめん」とべそをかいた。「……そんな本気で怒らなくても」

「おいおい、やりすぎだ。喧嘩をしてる場合じゃないだろ」

市部の言葉が俺をクールダウンさせる。

「ああ、すまん」

俺は手を放すと、自分の席に戻った。気まずい空気が児童会室を支配した。

「とにかく神様が唱える説の真偽を確かめるしかないんじゃないの」

比土が抑揚のない声で正論を述べる。

「そうだな。本来はそのための久遠小探偵団なんだし」

市部も頷く。とはいうものの、今まで空巣探しが最高峰で、殺人事件の捜査経験など皆無だ。その上、親や学校にばれたら解散させられることもありうる。かといって、上林の父親に、犯人かどうかを尋ねても怒鳴られるだけだろう。

「頭で考えればいいんだよ。頭なら大人も子供も同じだ」

〝頭脳に歳の差はない〟が市部の口癖だ。経験不足は推理小説で補えるとの信念のもと、日々読書に明け暮れている。

ただ、現場に行っても何も見つけられず、感じられず、考えられなかった三無主義の俺にとって、推理は苦手な分野だった。苦い顔をしているのがまる解りだったのだろう。

「お前は先に手が出るタイプだからな」

市部は苦笑しながら、壁際のホワイトボードに近づいていった。そしてマーカーを手に取ると、

「状況を整理してみようか。十一日前の午後六時頃。霞ヶ丘小学校の体育教師・青山孝明《たかあき》が、強い雨の中、幽霊通りの途中で背中を刺され殺されていた……」

説明しながら、ボードに几帳面《きちょうめん》な字で書き込んでいく。

「俺が霞ヶ丘小の知り合いに訊いた話だと、青山先生は、少し怒りっぽいが、まあまあ人気はあったそうだ」

次いでボードに現場の図が描き込まれた。いつかは知らないが、市部もこっそり現場を訪れていたのだろう。その図は正確だった。

「それで」と市部は俺たちを見回すと、「俺たちは警察じゃないから大した情報を持っていない。出来ることといえば、鈴木の説に妥当性があるか検討するくらいだが……今のところ解っているのは、衝動的な犯行じゃないってことだな。犯人は予《あらかじ》め包丁を用意している。……上林、お前の家から包丁がなくなったりしていないか」

上林はどっちつかずに首を振ると、

「分かんないよ。ママが触らせてくれないから。パパも男子厨房に入らずとか宣言してるし」

「でも計画的な犯行なら、足がつかないように新品の包丁を持っていくんじゃない？」

比土がぼそっと疑問を投げかける。

「確かに、そこが問題なんだ。これが家の中の犯行なら考えるまでもないんだが。路上に血が飛

び散っていたことからして、別の場所で殺されて現場に運ばれてきたというわけでもなさそうだし」

市部が黙りこくる。久遠小探偵団の船出は、出港と同時に座礁の危機にさらされようとしていた。

「たぶん衝動的に計画的だったんだよ」

空気を和《やわ》らげようとしたのか、冗談ともつかない口調で丸山が声を上げた。みんないつもの軽口と思い無視する。だが、俺には突然昨日の光景がフラッシュバックした。

「なあ、上林。たしかお前のお父さん、工場が休操して昼間から酒を飲んでいるよな」

「そうだけど……」

「酔っぱらって殺意が昂《こう》じたって事はあるんじゃないのか」

「いったい、どっちの味方だよ」

上林が睨みつけてくる。親の仇のように。いや、俺は親の仇そのものだ。気持ちは痛いほど解る。どっちの味方。その言葉が胸に響いた。

そもそもが美旗先生が犯人でないことを知るために、真犯人の名を鈴木に訊いたのだ。鈴木が間違っていれば、不安。しかし合っているのもつらかった。

俺はどちらを望んでいるのだろう？　もちろんどちらでもない方がいいに決まっている。しかし、どちらをより望んでいるのだろう？

胸が張り裂けそうだ。

そんな俺の苦悩を見てか、市部が、

「裁判でも、検事と弁護士に分かれるんだ。両方の立場から突き詰めた方がいいだろ。神様から聞いた責任をとって桑町は訴追側に立ってくれ」

「どんな責任だ」

憎まれ口を叩いたものの、役をあてがわれることで、肩の荷が少し下りた気がした。

「じゃあ、私も検事をするわ」意外にも、醒《さ》めた声で比土が追随する。「市部君を相手にして、あなたひとりだと頼りないでしょ。協力してあげるわ」

友情とは無縁の表情で、俺に向かって比土は淡々と述べた。

「それに、上林君のお父さんが本当に犯人かどうかはともかく、美旗先生は犯人ではなさそうだし」

「そうなのか？」

「人を殺すとね、殺した人の念が黒い隈《くま》となって顔に貼りつくのよ。美旗先生には、そんなものなかった」

「怖いこと云うなよ」丸山が身を縮めながら、「でもそれなら、比土に上林のお父さんを見てもらえば早いんじゃないのか？」

「おい！」

と、市部が声を張り上げる。

「俺たちは探偵団なんだ。心霊相談所じゃないんだぜ。それだと行き着くところ、鈴木を信じるか比土を信じるかになるだけだ」

市部は比土の霊感については否定的だ。おそらく鈴木についても内心は同様だろう。

「それでは俺から弁護を始めるか」一つ咳払いしたあと市部は、「俺が聞いた話では、警察は通り魔説に傾いているらしい。理由は単純で、青山先生はその日いつもより一時間ほど遅く帰ることになったからだ。それはお前も知っているだろ」

「ああ」

「ということは、もし計画犯なら、幽霊通りで一時間ほど待ち伏せしていたことになる。雨の中をだ。いくら雑木林に覆われているといっても、そんなに長く待っていられるとは思えない。その上、お前の考えでは、上林の父親は酔っていたんだろう」

「その日でないとまずい理由があったかもな？」

漠然とした反論しか俺は返せなかった。市部の指摘は尤《もっと》もで、俺も本心では納得していたからだ。

「そうだ！」と上林は声を上げた。「あの日、パパは五時過ぎまで家にいたよ。絶対に間違いない。……そのあとは塾に行ったから分からないけど」

犯行時刻のアリバイは今のところ分からない。だが、青山が本来帰るはずの時間には家にいた。大きな証言だった。

「すると、雨の中を待ち伏せしていたわけじゃなさそうだな。でも犯行は計画的に見える。まさかお前も上林の親父さんが、日頃から包丁を持って彷徨《うろつ》いているような人間とは思わないだろ」

「ああ。……じゃあ、例えば待ち合わせをしていたとしたら」

「それも訝《おか》しい。雨の中、あんな場所で普通は待ち合わせをしないだろう。車ならともかく、青山先生は自転車だったんだぜ」

「確かにな……」

さすがに市部は推理慣れしている。俺が言葉を失ったのを継ぐように、比土が市部に反論した。

「それじゃあ、上林君のお父さんは、青山先生の帰りが遅くなるのを知っていた」

「どうやって？　急な残業だったらしいぞ」

「携帯があるでしょう。わざわざ殺すくらいだから、電話でやりとりする仲だったとしても全然訝しくないはずよ」

そういえば……俺は上林の方を向くと、

「そもそも、上林のお父さんと青山はどんな関係なんだ？」

「知らないよ」と上林は即座に首を振った。「僕も事件が起こるまで青山先生なんて名前すら知らなかったし」

隣の小学校の教師など知らないのが普通だ。上林は、検事側、つまり俺たちが不利なのを見て、ようやく落ち着きを取り戻したようだ。受け答えが先ほどより、よほどはっきりしている。

「じゃあ、家に来たとか、何かの話で出てきたとかもなかったんだな」

「ないよ。会社の部下なんかは来たことあるけど、学校の先生は……美旗先生はたまに将棋を指しに来るけど、それくらいだよ」

何かが俺の胸に引っ掛かった。発芽し土から僅《わず》かに頭を出した種のように。だが固い殻に覆われて、それがまだ何かは解らない。しかし何かが見えた気がする。もどかしさに身体を震わせていると、

「美旗先生と間違えて殺したんじゃないの」

代弁するように、ぽつりと比土が洩らす。

「美旗先生はいつも六時に帰るでしょ。それに二人とも体格が似ているし。雨の中、傘を差して前屈《まえかが》みで自転車を漕いでいたら、見分けはつかないわよ。美旗先生みたいなイエティが近所にもう一人いるなんて、普通は思わないだろうし」

「なるほど、筋は通るな」市部は感心して将来の恋人を見た。「でも残念だが、帰る方向が正反対だ。いくら似た体格でも、もし計画的に待ち伏せしていたのなら、そんな基本的なところを間違えるとは思えない。仮にもこれから殺人をしようというのに」

即座に市部が反論する。あまりに反応が早かったので、もしかするとその可能性は既に検討し、否定し終えていたのではないかと思った。市部なら充分ありうることだ。

「あそこはタヌキが出るから、びっくりして一度道路に出たのかもしれないわね。酔っていたから、戻る場所を間違えて……」

市部に逆らうように比土が補足をする。〝今の恋人〟ではないせいか、容易に従うつもりはないらしい。

「……そういえば、タバコの吸い殻が両側に落ちていたらしいな」

俺は小夜子の言葉を思い出していた。ベストポジションを探すためではなく、本人としては同じ場所に戻ったつもりだったとしたら。東から来た青山を、西から来た美旗先生と誤認して襲いかかった。

「無茶苦茶な」市部は激しく首を振った。先ほどと違って、そこまでの推理はしていなかったのだろう。「これから人を殺すというのに、そんなショボイ間違えはしないだろう」

俺もそう思う。潜む位置を間違えて人違いをしたなんて。しかもタヌキにびっくりしてだ。道に飛び出したとしても、方角を見失うほどではないだろう。

だが、上林護が犯人であるためには、他に何か大きな要因があったはずなのだ。でないと、神の託宣が間違っていることになる。美旗先生の無実は神託の担保の上に成り立っているからだ。

上林護は慌てて道に飛び出した。タヌキであることに気づき胸を撫で下ろす。

ここで方向を勘違いさせる〝何か〟があったのだ。

「でも、道の両側は似たような景色で、雨で月も出ていないから、目印になるようなものはないでしょ。間違えても訝しくないいんじゃない？」

比土はあくまで自説を押し通すつもりらしい。

鈴木を本当に神様だと思っているから？　いや、そんなはずはない。

美旗先生が無実だと霊感を通して俺たちに云ってしまった手前、引き下がれない？　それはあるかもしれない。だが、彼女の態度にはまだまだ余裕がある。自らの能力に不安を覚えているふうではない。

〝将来の恋人〟の推理力を鍛えるため、あえて反論している？　それが一番ありそうに思えた。

そもそも検事側に立ったのも、それが理由かもしれない。

目印……比土の言葉が胸に刺さる。先ほどと同じように。僅かに生えた芽の正体を知るにはどうしたらいいのか。俺は眼を閉じ必死で心の内の双葉を見つけようとした。

「どうした、桑町。いきなり眼を閉じたりして。名探偵の真似事か」

市部の怪訝《けげん》そうな声が耳に届く。それでも俺は考え続けた。次いで丸山の軽口が聞こえてくる。

「夕陽の光が眩《まぶ》しいだけだったりして」

光……不意に、二基の街灯が俺の脳裏を過《よ》ぎった。現場の真新しい街灯。もし事件の日に切れて、後日交換されたのだとしたら……。

蛍光灯は古くなると点滅する。最初どちらか一方だけ点滅していて、上林の父親がタヌキにびっくりして路上に出たときにタイミングよく切れてしまい、代わりにもう一つの街灯が点滅し始めたとしたら。

点滅している街灯は、点灯したり消灯した街灯よりもはるかに目立つ。まさかほんの僅かな時間に点滅した街灯が入れ替わったとは思わない犯人が、それを目印に正反対の場所に戻ったとしたら。

「どんな偶然だ」

即座に市部が切って捨てる。苛《いら》つくように大きく肩を揺らせたあと、

「飛び出したときに、タイミングよく消えただけでなく、反対側の街灯もタイミングよく点滅しなければならないんだ。何万、何億分の一の確率だと思ってるんだ」

そんなことは俺も充分承知の上だ。あくまで鈴木の言葉を『絶対』なものとして組み上げた説なのだ。

市部も口が過ぎたと気づいたのか、「悪い」と小声で呟いたあと、

「つまり……逆から云えば、上林の父親を犯人にするには、それくらい偶然が重ならないと駄目だということだな」

「そういうことになるな」

「でも、もし鈴木君の言葉が正しければ、狙われたのは美旗先生ということになるわね」

さらっと比土が呟く。怖いことを平然と宣う女だ。

「犯人はまだ目的を達していないわけだから、再び襲われる可能性も高いわね」

「かといって、大人が神様の言葉を信じるとは思えないしな」

市部は苦い顔を見せた。俺も同感だ。俺ですら、信じていないのだから。

当然、美旗先生に身辺に気をつけろというのも躊躇《ためら》われる。

「俺たちで先生を護《まも》るしかない」

立ち上がり、俺が主張すると、

「無理だ」

市部はすぐさま却下した。

「いいか、先生を護るということは、先生が帰る夜の六時に先生の家まで気づかれず尾行するということだ。そんなこと、毎晩続けられると思うか？　小学生には大人と違って制約があるんだよ」

理屈は解る。だが、もし鈴木の言葉が真実で、俺たちの説が正しければ、先生の命が危険に晒《さら》されていることになる。せっかく容疑が晴れても、殺されてしまったのでは意味がない。

「探偵団としてしないなら、俺独りでも……」

「それは俺が許さない」

市部の瞳は真剣だった。

「親友として、お前の親に告げ口してでも絶対に阻止する」

脅迫する気か……そう反発しようとしたとき、見ひらかれた市部の瞳の中に友情以上のものを認めてしまった。男の眼差しだ。

俺は固まってしまった。

ずっと畏《おそ》れ、避けてきたものが発露しようとしている。これ以上、市部からあの視線を引き出すわけにはいかない……。

俺は引き下がるしかなかった。

*

上林護が美旗先生の殺人未遂で現行犯逮捕されたのは、それから三日後のことだった。

今度は襲撃に失敗したらしい。もしかしたら、警察は真相に気づいていて、美旗先生や上林護を陰から見張っていたのかもしれない。動機は浮気を窘《たしな》められたことへの逆恨みらしい。美旗先生はたまたま上林護の浮気現場に遭遇して、上林のためにも別れるよう度々《たびたび》説得していたという。

翌日から上林は学校を休み、一週間後に転校した。母方の実家に引っ越したと、ホームルームで副担任から聞かされた。美旗先生もこの一週間ずっと休んでいる。

俺たちには上林から何の連絡もなかった。

そして鈴木は今日も女子に取り巻かれている。

アリバイくずし

1

「犯人は丸山聖子《まるやませいこ》だよ」

俺、桑町淳《くわまちじゅん》の前で神様は宣《のたま》った。

ひと月前と同じだ。

二人だけの人気《ひとけ》のない屋上。休み時間、運動場でサッカーをしている連中の声が、遠くから聞こえてくる。コンクリート打ちの床には、近くの山から運ばれてきた落ち葉が、まばらに散らばっている。秋の深まりを感じさせる眺めだ。

「丸山……聖子」

下の名前に覚えはないが、嫌な予感をひしひしと感じる。

「もしかして、丸山の家族なのか？」

「そう。丸山一平《いっぺい》君の母親だよ」

太陽が昇る方向を答えるごとく、〝神様〟こと鈴木《すずき》は、あっさりと頷いた。

丸山はクラスこそ違うが、同じ久遠《くおん》小探偵団の団員だ。探偵団の団長である市部《いちべ》と低学年の時に同じクラスで、また仁木悦子という作家のファンらしい。それが契機で、久遠小探偵団に入団した。

家は旧《ふる》くからの商家で、父親は食品問屋の経営の傍ら市会議員をしている。今度の総選挙で衆議院議員へのステップアップを狙うらしい。母親はＰＴＡの役員で婦人会の会長。

当然この吾祇《あぎ》市ではブルジョワの部類に入る。ときどき金持ちぶりを鼻にかけているが、さほど厭味《いやみ》はなく、俺はそんなに嫌いではない。

また、父親が実力者ということもあり、探偵団に必要な情報が速い。今、俺が鈴木に訊ねた殺人事件の速報を仕入れてきたのも、丸山だ。

ミイラ取りがミイラになる。

その言葉が俺の脳裏に浮かんだ。

「もしかして、俺が訊きに来るよう、鈴木が何か力を使ったのか？」

「まさか。この僕が？」

神は快活に笑った。裏の顔など微塵もないとばかりに。クラスの女の多くを虜《とりこ》にし、親衛隊まで結成させる、爽《さわ》やかな笑顔だ。

「だってそうだろ。ひと月前にあんな事が起こったばかりなのに。また……」

ひと月前、俺は鈴木にある殺人事件の犯人を訊ねた。クラス担任の美旗《みはた》先生が最重要容疑者として疑われ切羽詰まっていたからだ。鈴木の口から出た名は、友人で同じ探偵団のメンバーである上林泰二《うえばやしたいじ》の父親だった。

それまでも鈴木は神としての片鱗を見せ、クラス公認の神様になっていた。だがいくら神様の言葉とはいえ、上林の父親が犯人だとは、当初信じられなかった。

しかし現実は残酷だ。俺や他の団員の葛藤を余所《よそ》に、上林の父親は数日後、殺人犯として警察に逮捕された。警察が神様の言葉を鵜呑みにしたわけではない。そもそも神様を自称する小学生の存在すら知らないだろう。警察なりの捜査で、上林の父親に行き着いたのだ。

そして……上林は母親の地元に転校していった。別離の言葉も交わさないまま。

そして鈴木は、今度もまた、団員の丸山の母親が殺人事件の犯人だと指摘した。いや〝指摘〟はおかしいだろう。全知全能の神が事実を述べただけなのだから〝託宣〟と呼ぶべきか。藁《わら》にすがりながらも、俺の理性が〝託宣〟と呼ぶことを躊躇《ためら》わせているが。

とにかく、人口数万のこの小さな町で立て続けに殺人事件が起こることすら珍しいのに、二件とも犯人が友人の身内だなんて、あまりにも出来すぎている。

「それだと僕の力は、桑町君が僕に訊きに来るようにすることではなく、丸山君の母親に殺人事件を起こさせたことに費やされたように聞こえるけどね」

冷静な反論に、俺は一瞬戸惑ったあと、

「そうなのか？」

「まさか」と鈴木は再び笑顔で否定する。神様の癖にボキャブラリーに乏しい奴だ。言語も神様が人間に与えたんじゃないのか？「僕はこの世界に刺激を求めて遊びに来てるんだよ。マッチポンプでは何の刺激にもならない」

解ったような解らないような釈明。全知全能なら、マッチポンプに関係なく、これから起こることも知っているからそもそも刺激などないだろう。未来の知識は、神の預言として、古くから現在に至るまで、重宝がられている。

「〝全知〟とは知ろうとすれば知ることができるだけで、敢えて目を閉じることも可能なんだよ。自転車に乗って走っているとき両目を瞑《つむ》ることなら君にもできるだろう。普通はそのあとに起こる事故が怖くてしないだけで。それと同じだよ。違うのは、僕は目を瞑ったところでなんら実害がない。だから目を閉じて生活しているんだ」

前も〝退屈〟だからといって、似たような説明をしていた。要は神の気まぐれだ。

ただ、俺は鈴木の話を全て信じているわけではない。いくつかの実例、特にひと月前の託宣を聞いてもなおだ。彼が推理力か遠視力かは知らないが、事実を透視できる特殊な——俺たちにはない——能力を持っているのは確かだろう。

方々で奇蹟を起こしながらやがて崇《あが》められていった多くの神々と同様に、人間にない能力を以て神を僭称《せんしょう》しているにすぎない。この際、神と能力者との線引きは考えない。俺の頭では到底おっつかないし、今はそれどころではないからだ。少なくとも神は他人から神と認められなければ神ではない。俺は神と呼ばない。だから鈴木は神ではない。もちろん普通の人間でもない。

しかし彼が名指す犯人の名前には、嘘偽りがないように感じられた。この点に関しては、神に比肩する能力があると。奇妙なことだが、俺は鈴木を信頼し始めていたのだ。

＊

鈴木の言葉を市部だけには話すことにした。市部始《はじめ》は、幼稚園時代からの幼なじみで、久遠小探偵団の団長を務めている。もともと探偵団を組織したのがこの市部だ。

　市部は、探偵団を創《つく》るほどのミステリ好きという奇矯な性癖さえなければ、文武両道の優等生で、リーダーシップも強く、五年生ながら児童会の書記に選任されている。そのため教師や児童会会長からの覚えも頗《すこぶ》る目出度く、趣味の団体である久遠小探偵団の本部として、空き時間の児童会室を貸してもらえているくらいだ。

　これで顔も良ければ、鈴木と相並ぶスターになれただろうが、残念ながら、天は神様のためにそのポジションは空けておいたようだ。

　丸山の件は聞かなかったことにし、自分ひとりの胸に収めておく道もあったが、彼だけは欺き続ける自信がなかった。前回もすぐに見破られた。それならば、先に話した方がいい。

　今日は探偵団の集会がないので、放課後になると同時に市部を捕まえ早々に打ち明けた。市部の方も午後の授業での俺の顔色から薄々は察していたようだ。

「やっぱりか……」

　無人の児童会室で、市部は大きな溜息を吐いた。

「鈴木が本当に丸山の母親が犯人だと名指ししたんだな。……いや、悪い。お前を疑ったわけじゃない。俺には信じられなくてな」

「それは俺も同じだ。鈴木は丸山聖子と云っていた。といっても俺は下の名前までは知らないが」

「それで合ってる。俺の母が聖子さんと呼んでいるのを聞いたことがある。……しかし桑町はどうして鈴木なんかに訊いたんだ？　前回、それで痛い目にあったのに。そもそもカンニングすれば探偵団の意味なんてなくなるだろ」

　分厚い唇を尖らせ、市部が面白くなさそうに表情を歪める。彼の不満ももっともだ。この事件に興味を示し、子供の領分を越え、探偵団として捜査に取り掛かろうとしていた矢先だったからだ。

「……犬が殺されたから」

　俺は俯《うつむ》きかげんで答えた。

「犬？」

　殺されたのは近所に住む、上津里子《こうづさとこ》という女性だった。新聞には五十五歳と書かれていた。四年前に夫を亡くして以来、ずっと広い家に独りで暮らしている。息子夫婦が大阪で働いているが、盆と正月に帰省するくらい。

　その里子が、ちょうど一週間前に首を絞められて殺された。部屋は荒らされ金品が盗まれていた。警察は今のところ怨恨と物盗りの両方の線で捜査をしている。

　里子は独り暮らしの寂しさを紛らわすように、三年前から喜六《きろく》という名の豆柴《まめしば》を飼っていた。殺害時に騒いだためか、喜六も里子の傍らで殴り殺されていた。居間のカーペットには喜六の血が飛び散っていたらしい。里子を締めた紐も喜六を殴った鈍器も、犯人が持ち去ったらしく、まだ見つかっていない。

「……あれは俺が拾った犬なんだ。俺が助けたきな粉なんだ」

　三年前、友人の新堂小夜子《しんどうさよこ》と一緒に遊びに行った帰り道、川原の堤の草叢《くさむら》の中から力無い鳴き声が聞こえてきた。蚊の鳴くような声とはこのようなことをいうのだろう。本当に小さい、川のせせらぎに掻き消されてしまいそうな音量だった。

周囲の山にはまだ雪が残る、三月初めのことだ。

ともすれば途切れがちになる声を頼りに草をわけ探していると、毛布が敷かれた段ボール箱の中にきな粉が捨てられていた。生まれて間もない豆柴。何も食べていないようで、身体は衰弱しており、また、目も半分閉じたままだった。毛並みは使い古した雑巾のように汚れている。今にも命の炎が消えかけようとしていた。

俺は慌てて拾い上げ家に持ち帰った。まだ純だったのだ。

「この犬を助けたい」

そう訴えると、母が猛反対した。当時はまだ男と駆け落ちする前で、母は家にいた。そしてこの家を支配していた。彼女はペットの毛にアレルギーを持っていたのだ。また小夜子の家も無理だという。

このまま放り出してしまっては確実に衰弱死する。一度助けた命をあっさり捨てることは、当時の俺には無理だった。よしんば生き延びることができても、すぐに保健所に捕まるだろう。

父の取りなしもあって、体力が回復するまでは、家で介抱するという約束をなんとか取り付けた。外は寒いので、その夜から部屋に持ちこみ、ベッドの脇で育てることになった。体毛が普通の柴犬よりもずっと黄色いので、きな粉と名付けた。

最初の二日間、きな粉はただただ小さく鳴いているだけだった。精一杯身を丸め、誰も寄せつけない雰囲気。アンタッチャブル。固形物は駄目だろうと、牛乳を出してもろくに口をつけない。俺の方を向きさえしなかった。

学校では友人たちに育て方、介抱の仕方を訊いて回り、貯金箱を割ってドッグフードを買ってきた。牛乳は駄目だと云うことを初めて知った。ただ病院だけは父を頼った。

その甲斐あって、半分閉じていた瞳も全部開くようになり、鳴き声も生気のあるものになった。最初は手で口許に運んでやらなければならなかった餌も、ひとりで食べられるようになった。なにより、俺への警戒を解き、べったりと懐いてくれるようになったのだ。一旦心を許したきな粉は、今までの壁が嘘のように俺にまとわりつき、その眼差しには暖かい光が灯っていた。

その間、母は一度も俺の部屋に近寄らなかった。また服にきな粉の体毛が付いた俺にも、近づこうとしなかった。当然笑顔なんかない。

小夜子は毎日様子を見に来てくれたが、それ以上に、里親を探すことに手を尽くしてくれた。きな粉が普通の子犬並みに回復した頃には、里親が決まっていた。それが上津の家だった。きな粉を拾ってから十日目のことだった。

里子は長く飼っていた愛犬を半月前にフィラリアで亡くしたばかりだった。それは大型犬だったが、蚊や自身の体力のことを考え、今度は屋内で飼える小型犬を望んでいた。

里子には引き渡しの時一度会っただけだ。情が移るときな粉にとっても不幸だと、二度と会わない約束を母と里子にさせられた。既に情が移っていた俺には辛い約束だった。だが、親が二人居ると、きな粉が困る。名前も既にきな粉ではないのだ。約束通り、それ以来きな粉に会ったことはない。物陰から眺めるという姑息なこともしなかった。

決して忘れたわけではない。きな粉の写真は今も机の上に飾ってある。

里子は一目できな粉を気に入ったようだった。可愛がってもらっているという話を人づてに聞き、安心していた。いい親に貰ってもらえたと。

だから、殺人事件にきな粉が巻きこまれたことがショックだった。

「そういえば、お前が犬を拾った話を昔、聞いたことがあるな。その犬だったのか」

誰彼構わず相談したクラスメイトの中に、市部もいたことを思い出す。

「ああ。幸せに暮らしていたはずだったのに。まさか、こんなことになるとは。だからパニクって思わず鈴木に訊いてしまったんだ。すまない」

大失敗だった。今さら謝っても手遅れだ。鈴木の言葉は胸にはっきりと刻みつけられてしまった。

「で、このことを丸山に伝えるのか?」

冷静な質問に、俺は首を横に振った。

「じゃあ、放っておくのか?」

「意地悪だな。市部、お前ならどうする?」

責任逃れなのは解っていた。こういう問いかけをすれば、リーダーである市部は進んで抱え込もうとするだろう。それは彼に対する甘えに他ならないが。

「俺なら、真偽を確認するな」

案の定、市部は懐深く手を差し伸べた。その手をとって良いものか俺は躊躇《ためら》っていた。打ち明けたあとでは虫がいいことこの上ない云いぐさだが、市部も苦悩に巻きこんでしまうことになる。

だが市部は、自分からぐいと力強く摑むと、

「耳にしてしまった以上、引き返すことは出来ない。ちょっと調べてみる。もともと捜査が長引

けば取り掛かるつもりだったしな。だから、お前も逃げるなよ」

「俺は逃げるつもりはない」

俺はムキになって答えた。

その夜、市部から電話が掛かってきて、翌日二人で現場に出向くことが決まった。

2

土曜の午後、待ち合わせ場所に来ると、市部に比土優子《ひどゆうこ》が随伴していた。いつもより派手で女っぽい服装をしている。学校の彼女はもっと落ち着いた大人っぽい服装をしていることが多い。今日はさながらデートにでも来たかのようだ。

デートという表現はあながち的外れではないかもしれない。なぜなら比土は市部の将来の恋人を自称していたからだ。同じ探偵団の団員だが、ミステリに興味があるわけではなく、市部がいたから入団したにすぎない。今のところ片想いのようだが、市部も満更ではない様子。

ただ、〝将来の恋人〟という磨《す》りガラスを一枚挟んだ云い回しに端的に象徴されるように、彼女は俺たち一般人とは常識の境界が若干ずれている。いわゆる不思議少女、いや霊感少女だった。守護霊や背後霊が見え、死期が近い人は顔を見るだけでそれと解るという。毎週金曜の夜に自室で独り降霊術をしているという噂もある。まあ、久遠小の五年には神様や霊感少女など、オカルト的にヴァラエティに富んだ人材が揃っているわけだ。

比土は色白の純和風な顔立ちで、漆黒の長髪を肩胛骨《けんこうこつ》の辺りまで垂らしている。お菊人形のように前髪をばっさり真横に切っていて、自分でも霊感少女を演出しているのが解る。だからいくら将来の恋人と騒いでいても、俗世な色気とは縁がないと思っていた。しかしこのままUSJかTDLに行きかねない女びた格好を目にすると、認識を改めなければならないようだ。

俺が怪訝《けげん》そうに市部を見ると、

「すまん。勘づかれてな」

苦い表情で詫びを入れた。

「今度は誰が生贄《いけにえ》になるの」

市部の背後から、霊感少女がぼそっと訊ねかけてくる。

なるほど察しがいい。

俺が黙っていると、

「丸山君ね」

と、鋭いところを見せる。先月、上林が退団し、団員は四人しかいない。今ここに三人居るわけだから、残るは一平ということになる。もし比土の家族が疑われているなら、市部は断固として同行を拒否しただろう。

「生贄か……巧い表現だな」

吹きすさぶ秋風に襟《えり》を立てながら俺は頷いた。来た以上、知られた以上、隠す必要もない。

「なあ、比土は鈴木がこの事件に絡んでいると思うか？　例えば、俺たちにわざと事件を捜査させているとか、わざと俺たち絡みの事件を起こさせているとか」

「ないわね」比土は左右に首を振ると、「彼から悪意は感じられない」

霊感少女の眼力が何処まで正確か知らないが、俺と同じ印象のようだ。因《ちな》みに彼女も俺と同様に、鈴木を神様ではなく、何か特殊な力を持った人間と考えているらしい。

「でも、どうしてわざわざ私たちが捜査をするの。放っておけばいいのに。そんなに彼の言葉が気になるの？　凡夫が抗《あらが》っても巻き込まれ搦《から》め取られるだけなのに」

真っ黒の鋭い眼で俺を睨む。市部まで巻き込んだことに、いかにも不満がある態度だ。気になる……たしかにそうかもしれない。白黒をはっきりさせても、不幸への片道切符があるだけのように感じる。俺が言葉に詰まっていると、

「俺が云い出したんだ」

とりなすように市部が割って入る。

「やつの言葉が本当かどうか確かめたくてな」

そして市部は事情を説明した。市部から俺のところに電話がかかってきたのは金曜の夜のことだった。鈴木の言葉を知った市部は少し事件について調べたらしい。そして丸山の母親には動機があることを知った。

被害者の上津里子と丸山の家は、被害者の死んだ亭主が丸山家と祖父の代から取引があった関係で、昔は親しいつきあいをしていたらしい。

丸山の母親は現在三十三歳で、里子とは母娘ほど歳が離れている。結婚当時、姑は既に鬼籍に入っていたので、里子が母親代わりとばかりに新婚夫婦にアドヴァイスをし、丸山の母も素直に耳を傾けていたという。

ただ擬似嫁姑の蜜月は永く続かず、五年前、丸山の教育方針を巡って争いが起きた。親代わりといっても、里子は実の親でもなければ丸山家の人間でもない。大喧嘩をした挙げ句、二人は冷戦状態に入る。それでも里子の亭主が生きていた間は表立った亀裂はなかった。だが夫は翌年に癌で倒れ、半年ほどの入院生活のあと呆気なく死んでしまった。

夫が死に取引がなくなってからは、里子は丸山家からはっきりと疎んじられるようになっていった。それが里子の気に大きく障ったらしい。利用するだけ利用して、と冷血に映ったのだろう。

里子はそれ以来、ところ構わず丸山の母親の陰口を叩いていたようだ。ひと月ほど前からは、丸山の母が丸山の担任教師と浮気していると吹聴して回っていたらしい。旦那がこんど衆議院選に出馬しようとするのに、根拠があろうがなかろうが、その手のスキャンダルは致命的だ。

そのため警察は当初、彼女も容疑者の圏内に入れていたという。だが、丸山の母親の容疑はすぐに晴れた。決定的なアリバイを持っていたからだ。

「被害者が殺されたのは夜の八時から九時くらいまでと考えられているが、その時間、丸山の母親は婦人会の集まりで人と会っていた。ちょうど俺の家に来ていたんだ」

市部は無表情で淡々と説明する。

「俺の家から現場までは、歩いて三十分くらいかかる。自転車で十五分、車でも十分は必要だ。細い道が多いからスピードが出せないんだよ。だから何で行くにせよ、往復で最低二十分は必要だ。丸山の母親は八時前に車で俺の家に来て、十時過ぎまでいたが、長く席を空けたことはないらしい。みんな少し酒が入っていたらしいが、半時間近く姿が消えていればさすがに気づくだろう。家には俺の母親だけでなく、同じ婦人会の役員四人も一緒だったし。俺自身は二階の自室にいたから直接知らないが、車で来たところと帰るところは目にしている。酒とおしゃべりでテンションが上がったのか、がやがやうるさく帰っていったからな。だからアリバイとしては完璧だろう」

「なら、鈴木君が間違っていたということよね。どうしてここに来てるの？」

昨日の夜に俺がしたのと似た質問を、小首を傾げ比土がする。

「検屍解剖による死亡推定時刻は夜の七時から九時までらしい。これだけなら丸山の母親が犯人の可能性もある。……ただ、被害者は八時に買い物から帰るところを目撃されている。だから犯行時刻が狭まった。仮に鈴木の言葉を信じるなら、この証言が間違っていたことになる」

同じ答えを市部は返した。

「つまりわざわざ鈴木君が正しいことを証明したいの？　それは即《すなわ》ち、丸山君のお母さんが犯人だということになるけど。上林君の時と同じようなことをあなたは望んでいるの」

市部ではなく、俺に向かって彼女は訊ねかけた。おそらく比土は、俺が市部を焚《た》き付けたと考えているのだろう。鈴木に訊いて端緒を開いたのは自分なので、あながち間違いではない。

「フェアーじゃないから……上林と丸山で扱いを変える方が俺には問題だ」

「上林君と同じように、丸山君も追い込むつもりなのね」

「……でも、結果的に鈴木の言葉は正しかった」

「今回も彼が正しいと？」

俺は思わず目を背けた。前回もそうだったが、鈴木の正しさを証明するために、仲間を売る形になっている。こんなのは決して望んだ状況ではない。そもそも鈴木の全知全能性を信じていない俺が、まるで彼の言動や能力を全肯定しているかのようだ。得意の霊感で鈴木の異常性を察知している比土のほうが、よほど近い立場だろうに。

「ここで争っても仕方がない。今のところは半信半疑だ。だが、鈴木の言葉は信じる信じないにかかわらず、俺たちを支配しようとする。でも、もし一度でも違っていることを証明できれば、奴の神性の呪縛から解き放たれるんだよ。それがどれだけ大きなことか比土にも解るだろ。だから考える。考えに考えて不可能と判明すれば、鈴木の言葉が間違っていたことになる」

とりなすように、市部が割って入る。市部は鈴木でなく自分が対立の基軸になっていることに気づいていない。聡《さと》く気づかれても困るが。

「市部君がそこまで云うなら。でも、また泣くことになっても知らないわよ」

淋しげに比土は矛を収めた。

上林がひっそり転校して半月ほど、市部は探偵団室の空いた席をぼんやりと見つめていた。そこにまだ上林の姿があるかのように。彼らしからぬ猫背で、おそらく自分の無力を噛みしめていたのだろう。もちろん比土は一番近くからその姿を見ている。

＊

とりあえず市部の家で相談することになった。犯行時刻に丸山の母親がいた重要な場所だ。避けては通れない。

市部の家に行くのは二年ぶりだろうか。昔はしょっちゅう遊びに行っていた。

しばらくの間に、家の並びも結構変わっていた。市部の話に車を停める空き地が出てきたが、ピンとこなかったのだ。だが、見ると市部の家の隣が雑草の空き地に変わっている。

「ここ、潰したんだな」

「何だかお祖母さんが死んで、相続問題で揉めて土地を売り払ったらしい。で、半年前に更地になった。買い手がつくまで勝手に使わせてもらっているよ。使ってるのは俺の家だけじゃなく、向かいの店の客もだけどな」

みると、新しげな漬物屋が出来ている。

「こんな店出来たんだ」

「ああ、昨年な」

「でもこんな住宅街じゃ流行《はや》らないんじゃないのか?」

「それが結構遠くからも買いにくるんだよ。郊外の畑で自家生産したものを漬けてるとかで。無農薬とかそういうのらしいぜ。あまりに盛況すぎて、騒音問題で六時には店を閉めなきゃならなくなったほどだ。それまでは八時頃まで開いてたんだが。中でもラッキョウの評判は頗《すこぶ》る良いらしく、隣の市からもわざわざ客が来てるよ。俺はラッキョウが嫌いだから沢庵《たくあん》を買ってもらってるが、そっちも美味しいぜ。たかが大根のくせに」

「俺もラッキョウは嫌いだ」

「私は好きよ、ラッキョウ」

突然、比土が口を挟んだ。地域の昔話の環に入れないのが気に障るようだ。ただ、そんな比土も市部の家の玄関に入ると、らしからぬ緊張を見せていた。来るのは初めてらしい。

「いらっしゃい。淳ちゃんほんとに久しぶりね。隣のお嬢さんは?」

奥から現れた市部の母親が、昔通り気さくに話しかけてくる。顔は市部に似て美人というわけではないが、向日葵《ひまわり》のような明るい母親だ。顔だけが取り柄の性格ブスだった俺の母親といつでも交換してほしかったくらいに。

「比土優子です。市部君とはいつも親しくさせて貰っています」挙動不審だ。将来の恋人などとは口が裂けてもいわない態度。「将来なのは、市部君が整形するまで待つため」と公言しているのだから当然だ。母親の心証が良くなるはずもない。

「淳ちゃんも昔みたいに遊びに来てね」

「はい」俺は無難に答えておいた。ちらと嫉妬が突き刺さる。出しゃばるのも悪いと、俺は一歩引き、市部の隣を比土に譲る。

「じゃあ、二階の俺の部屋に行こうか」

「ちゃんと片づけてあるの、始」

「あるよ」面倒臭そうに市部が答える。

「じゃあ、後でジュースでも持っていくわ」

「来なくていいよ。どうせ余計なことしか云わないんだろ。飲み物は俺が持っていくから」

母親は、はいはいと微笑みながら奥に引っ込んでいく。二年前と変わらない和《なご》む光景だ。

二階に上がる前に母親の目を盗んで、集会が行われていた部屋を覗き見させてもらう。立派な洋間で、大きなテーブルに長いソファーと、五、六人がのんびり騒ぐにはもってこいの場所だった。

死角はなく、廊下に出るドアは一つだけなので、部屋から出る際は誰かの注意を惹きそうだ。こっそり三十分弱も消えていられる感じではない。見咎《みとが》められると拙《まず》いので、すぐさま二階へと上がる。

市部の部屋も同じく二年ぶりだったが、インテリアは大きく変わっていた。二年の間にすっかり大人びた感じだ。昔はアニメやゲームなどもっと子供っぽい玩具が並んでいたと思うのだが、

「これはチェスタートン、これはクリスピン。そしてこっちがウィリアム・パウエル。映画でヴァンスを演じたときのものだ」

モノクロのポスターの人物を嬉しそうに一枚一枚紹介していく。

ふと隣を見ると、比土が一心不乱にチェックしている。胸の銀板に全てを写し取ろうとするかのように、丹念に家具やポスター一つ一つを嘗《な》め回している。気持ちは解らなくはないが、霊感少女がするといささか不気味だ。

「何か見えるのか」

冗談交じりで訊ねると、

「余計な情念」

ぽつっと答えが返ってきた。口にした比土自身が、その答えにすごく不満げに見えた。

部屋で大まかな予定を立て、俺たちは現場に向かうことにした。市部の母がジュースを持ってくる隙もないくらいに、市部の部屋での滞在時間は短かった。

当の市部が長居したがらなかったせいだ。打ち合わせもそこそこに、メインディッシュの上津の家に早く行きたがったからだ。

久遠小の校区には、城下町時代の名残を持つ旧家が並ぶ地区が二つある。侍町と呉服町で、それぞれ古くからの家が立派な軒を連ねている。現場となった上津里子の家は侍町の一角にあった。侍町の名の通り、上津家は武士の出で、かつては藩の要職を務めたこともある家柄らしい。それだけにプライドも高いのだろう。里子自身は隣県から嫁入りしているが、実家も素封家《そほうか》だったようだ。

もう一つの呉服町は商家の町で、丸山の家があるところだ。

「考えてみれば、よく喜六を引き取ってくれたな。こんな家だと、ペットもブランドや血統に拘《こだわ》りそうなものなのに」

白塗りの塀に連なる立派な薬医門を見上げながら、市部は呟いた。檜《ひのき》の門は固く閉じられている。隙間から中の様子が辛うじて窺えるが、ひっそりとして人気はない。二日前まで葬儀を取り仕切っていた息子夫婦も、再び大阪に戻ったようだ。

「実はいい人だったのかもな」

里子に会ったのはきな粉を渡しに行ったときの一度きりだ。情を抑えるために、云いつけ通り侍町には近づかなかった。里子はきな粉を目にすると、目を細めながら優しく頭を撫でていた。この人ならきな粉を大事にしてくれると、安心したのを覚えている。

だが市部は、「どうだろう」と否定気味。「お嬢様気質で、気が強く、かなり自分勝手だという噂も聞いているけどな」

全く違う印象を述べる。四年間、スプリンクラーのように丸山の母親の悪口を撒き散らしていたことを鑑《かんが》みれば、恐らく市部の方が正しい評価なのだろう。恐ろしい妄念だ。俺は丸山の母親とは面識がないが、どんな性格だとしても、担任の教師との噂を流されるのは耐えられないだろう。しかも相手は二十代のイケメン教師で、妙に信憑性もある。きな粉への優しさは、夫に続いて愛犬も亡くして間もないせいだったのかもしれない。

息子夫婦はきな粉、いや喜六の葬儀も行ってくれただろうか。心配になる。小さな卒塔婆《そとば》をたてる程度でいい。主《あるじ》と共に旅立った犬にも情をかけていてほしい。隙間から覗ける範囲で庭を見回してみたが、それらしいものは見つからなかった。

里子の墓所に一緒に弔われているのだろう。そう信じることにした。

市部の話によると、犯人は裏門の脇を乗り越えて侵入したらしい。侍町はおよそ三軒で一つの区画をなしている。上津の家は右端に当たっていた。右側の細い路地から回り込み、更に細い無舗装の小径《こみち》に折れる。街灯は遠くにしかなく、昼でもどこか薄暗い。夜ともなれば全くの闇だろう。

表の漆喰塀は裏に来る頃には垣に変わっており、丈も低くなっている。夜陰に紛れて中に忍び込むのは容易《たやす》いだろう。田舎故《ゆえ》の安心感からか、里子は老人の独り暮らしにもかかわらず、セキュリティに関しては丸腰だったようだ。

本来なら背が低い裏側からの方が覗きやすい筈だが、雑木と蔵などが邪魔をして母屋は全く見えなかった。女ひとりには大きすぎるためか、表の庭は手をかけても、裏手は放置してあるらしい。

裏門は真新しい錠前で固く閉じられていたが、ここから母屋まで続く細い道に、足跡を掻き消した痕跡が残っていたらしい。

「やっぱり裏からでも、よく見えないか……」

ずっとつま先立ちしていた市部が地団駄を踏んだとき、

「おいお前たち。どこの子供だ?」

散歩の途中らしい白髪の老人が、杖をかざす。痩せて顔中皺《しわ》だらけの、頑固そうな老人だ。

「野次馬は帰りな。見せもんじゃない」

だが市部は臆することなく、「おじいさん」と声を掛けた。

「このあたりは、夜は人通りが少ないのですか?」

「見りゃあ、解るだろ。表も裏も。閑静がとりえなところだからな。しかし、堂々と質問してくるとは恐れ入った。最近の子供はそうなのか?」

興味深げに目を細める。好機と見たのか、市部は続けて、

「最近は物騒ですからね。そのくせ大人は肝心なことを隠したがる。子供も自分たちで情報を集めないと」

嘘八百を並べ立てる。

「上津さんは八時に家の前で買い物から帰るところを見られたと聞きましたが、夕食にしては遅くないですか?」

「よくそんな情報を知ってるな。油断ならん野次馬たちだな」

言葉とは裏腹に、白髪の老人は相好《そうごう》を大きく崩した。

「亭主が病気で入院していた頃、病院から帰ってから自分の夕飯を作ってたらしいが、その癖が

今でも続いていたらしい。わしも事件のあと、当の本人たちから直《じか》に聞いたんだが、二人はカルチャーセンターに行く途中だったので、軽く挨拶をしただけだったらしい。ただ、はっきり里子さんだと云っておったな。自転車の前カゴに、野菜が入ったエコバッグが入れてあったらしい。あれが最後の姿だったかと思うとしんみりすると」

里子は自転車で二十分ほどのスーパーで買い物をした帰りだったらしい。有機野菜が有名なスーパーで、少々遠い場所にあるのだが、常に里子は食材をここで買っていたようだ。スーパーのカメラにも七時半頃に里子が玉ねぎやニンジン、メークインを買う姿が映っていた。これといった趣味がない里子は、食材と陰口にだけは拘っていたらしい。独居の寂しさをこの二つで埋め合わせていたようだ。

「せっかく料理を作ったのに食わずに死んでしまったからな。鍋には出来上がったカレーが手つかずであったらしい」

「みたいですね」それは市部も摑んでいる情報だった。俺も市部から聞いて知っていた。

死体が発見されたのは翌朝の七時頃だが、台所には手つかずのカレーがガスコンロに載せられていたらしい。カレーは既に完成していたらしく、まな板や包丁といった調理器具は綺麗に片づけられていた。

「炊飯器のご飯も炊けていたんですよね」

市部が既知をアピールする。電気炊飯器には二合の白米が炊かれていた。蒸らすためにしゃもじでかき混ぜた痕跡も残されていた。マリー・セレスト号ではないが、台所はすぐにも食事できそうな状況だったようだ。

「保温状態になっていて、また炊飯器は液晶画面で炊きあがってからの保温時間が表示されるようになっており、発見時、十時間三十分が経過していた。犯人が細工をしていない限り八時三十分以降にしゃもじでかき回されたことになります。カレーはルー式の簡単なもので、三十分もあれば作れます。つまり八時三十分頃までは被害者は生きていたということですね」

「偉そうな子供だな」老人は釣られるように、「だが、それだけじゃないぞ。殺された時間ははっきりしている。夜の九時にここの犬がいきなり吠え始めたんだよ。ちょうど九時のニュースが始まった頃だな。室内で飼われているから普段は吠えてもそう大きくは聞こえない。窓が開いていたんだろうな。だが、ほんの数秒でピタッと鳴き止んだ。あれは単に窓を閉めただけでは説明がつかない」

「詳しいですね」

これは市部も初耳だったようだ。

「そりゃあそうさ。わしが聞いたんだからな。わしの家はそこだよ」

節くれ立った手を掲げ、隣の同じくらい立派な屋敷を指さす。

「よく聞こえてくるからな。犬も殺されたときいてピンときたんだ。あれは犯人が侵入したときに吠えたせいで殴り殺されたんだと」

「……警察には」

「もちろん話したよ。連中は、わしの証言にすごく感謝していた」

自慢げに老人は皺だらけの目尻を下げた。

「つまり犯行は九時頃というわけですか」

九時では婦人会の宴もたけなわだ。市部は当初は七時から八時の間に里子が殺されたと推理したのだろう。それなら丸山の母親のアリバイは成立しなくなる。だが、八時でも八時三十分でも無理があるというのに、近づくどころかますます遠のいている。

「あと、これは知っているか」市部が考え込んだのに味を占めたのか、続けて老人が教えてくれる。「九時二十分頃に裏門から立ち去っていく人影を見たやつがいるらしい。丘を下った団地に住むサラリーマンだが、駅からの近道でいつもこの裏道を使っているそうだ。そいつは朝も同じ道を通るんだが、そこの裏門の戸が半分開いているのに気がついたんだな。それで昨夜のことを思いだし、念のため行きがけに交番に報せたらしい。まあ、九時頃に忍び込んで里子さんを殺した犯人が、二十分ほど家を物色しておったんだろうな」

「すると上津さんの死体を発見したのは警察なんですか！」

市部が驚いて顔を上げる。

「ああ、そこの交番の警官だよ。しっかりした若者だ。わしが本を買いすぎて困っていたとき、両手のカバンを快く持って家まで運んでくれた。もう一人のほうは春に来たばかりでよく知らんが」

そうですかと、落胆の表情を隠さない。

発見者が一般人なら、この老人のように訊き出せる可能性も少しはある。だが警官なら無理だ。俺たちに教えるどころか、すぐさま親や学校に連絡が行くことだろう。

「ありがとう、おじいさん」

市部の礼に続いて、俺も頭を軽く下げる。アリバイはますます盤石になったようだが、未知の情報が手に入ったのは喜ぶべきことだろう。

「ああ。自分で話しておいてなんだが、子供ならもっと子供らしいことをした方がいいぞ。ミニ四駆とか。わしの孫も中学に行くまでは、新しいパーツを買え買えと煩《うるさ》かったものだ」

遠い目をして懐かしむ。

俺たちは老人に別れを告げた。

3

児童会室の扉を、俺はゆっくりと開けた。今日は久遠小探偵団の集会日だ。見ると市部と比土にくわえ、丸山も既に来ている。

異変を来《きた》しつつある人間関係。丸山はその渦中にいるのだが、当の丸山だけそのことに気づいていない。今年の新人賞はどうとか、呑気に市部相手に与太話をしている。俺が入ってきたのを認めると、丸山は途端に事件の話題に切り替えた。

市部は現場に行ったことを、当然丸山には教えていない。ただ、この事件に関わることを前から公言していたので、丸山もいろいろ情報を集めて来たらしい。彼の両親は名士で色々な顔役を務めているため、耳が速い。入手した情報を一刻も早く披露したかったが、全員揃うまで我慢していたのだろう。解放感に満ちた表情で、丸山は喋り始めた。

母親に強い動機があることは丸山も承知しているはずだ。ただ、鉄壁のアリバイがあることも知っている。なので、他人事の興味本位で、聞きつけたことを並べ立てる。日頃からポーカーフェイスの比土や、自制心が強い市部はともかく、俺は動揺を丸山に悟られないよう必死だった。

喜六の鳴き声や遺体が発見された経緯――土曜に俺たちが老人から聞いたのと同じものだ――を話したあと、新たな情報を持ち出してきた。

事件当夜、上津の家に宅配便が来たらしい。だが、インターフォンを押しても誰も出なかった。ただ門の隙間から邸内を見ると、一階に電気がついており、カーテンは閉じられていたが、それまで小さく洩れていたテレビの音声がいきなり消えたという。

宅配業者は、居留守を使われたと思ったそうだ。里子は、雨の日や夜には面倒臭くなるのか、偶《たま》に居留守を使うらしい。配達物はそのまま持ち帰られることになったが、それが八時五十分のことだという。因みに配達物の中身は、通販のジューサー。

宅配業者の言葉通り、八時五十分まで里子が生きていたとすれば、ますますアリバイ障壁が上がることになる。

また警察は被害者の甥を追っているらしい。彼女の弟の次男で、里子の葬儀に出た翌日から行方をくらませているそうだ。いわゆる放蕩息子で、行き先を告げずふらっと遊びに出るのはしょっちゅうだという。

問題は遊興資金で、ギャンブルや女遊びが原因でいくつも借金を作り、親からは勘当同然になっている。最近は遊ぶ金欲しさに里子のところに無心に来ていたらしい。警察は無心を断った里子を殺し、金を奪ったのではと考えているようだ。

銀行の破綻や株価の下落もあって、里子は多額のタンス預金を持っていたらしい。それがごっそり盗まれた形跡がある。

不本意ながらも鈴木の言葉を基にしている俺たちにとっては虚しい情報だが、丸山はひとり興奮気味だ。

「俺たちが関わる前に、犯人があっさり捕まっちゃうかもな」

と、にやけながら胸を張る。気持ちは解らなくはない。警察の動向なんて、一般人の俺たちが知る筈もない、トップシークレットだからだ。

家庭教師が来るため、丸山はそれだけ伝えると早めに帰った。情報を吐き出すためにここに来た格好だが、それが自分の役目とばかり、去り際はすこぶる満足げだった。

「また明日な」

俺は感情を殺しながら、戸口の丸山に言葉を投げかけた。もしかしたら、視線だけでなく顔ごと下を向いていたかもしれない。

＊

「テレビを消したのは里子ではなく、犯人とは考えられないか？」

丸山が去ったあと、ずっと考え込んでいた市部が俺に話しかけてきた。

「犯人なら居留守を使う理由がある。外に気を使いテレビも消すかもしれない」

「ならどうして犬は吠えなかったの？」俺より先に、比土が異議を唱える。「証言によると、犬が吠えて襲われたのは九時のことでしょ」

「十分程度なら、どちらかの時間があやふやになっているせいかもしれない」

「宅配業者は仕事だから、時間の記録はきちんと残しているでしょう。とすると犬の声を聞いたおじいさんが勘違いしていたことになるけど、あのおじいさん、九時のニュースが始まった頃って話してたわよ。呆《ぼ》けている感じでもなかったし、信用できると思うわ」

「そうだな……それに犯人がテレビを消したとしても、状況はなんら変わらないか」

市部は肩を落とした。いつも自信にあふれている彼に似つかわしくない弱い姿だ。

八時に自宅の前で里子は目撃されている。

八時三十分に炊飯器の御飯が炊きあがり、その後しゃもじでかき混ぜられた痕がある。

八時五十分に宅配業者がテレビの音声が消えるのに気づいた。

九時に喜六が吠えだし、また急にその声が止んだのを聞かれている。

九時二十分に裏門から怪しい人影が立ち去っていくのが目撃されている。

対して、丸山の母親は八時前から十時過ぎまでずっと市部の家にいた。

犯行時刻は七時から九時の間。丸山の母親が犯行を行えるのは、七時から八時の間までしかない。そのためには崩さなければならない障壁が多すぎるのだ。

そもそも八時に里子がはっきり姿を見られている時点で、どうしようもない。市部も承知しているようで、表情が段々と険しくなってくる。

「俺の力では崩しようもないのかもな」

「宴もたけなわなら、一人抜けても気づきにくいんじゃないのか?」

俺が慌ててフォローした。有名な作品で、トランプの最中にこっそり抜け出して殺人をするという話があるらしい。大富豪で遊んでいるとき、丸山が話していた。直ぐにネタばらしをするなと市部に叱られていたが。

「何度も訊いたさ。おかげで親から色々と怪しまれているくらいだ」

閉口気味に市部は吐き捨てた。

「母の話だと、丸山の母親は二度席を外したらしい。一度はトイレで、もう一度は、栃木へ行った帰りに土産のカンピョウを持ってきたことを思いだし、外の車にとりに戻った。いずれもほんの数分のことで、十分程度も席を空けたことすらなかったようだ」

「バイクは？　お前はこの前、道が狭いから車でも時間がかかるって云ってたよな。自転車で十五分、車で十分だっけ。なら小回りが利くバイクやスクーターなら車より速く往復できるんじゃないのか？」

「出来るだろうが……丸山の母親は車で来ていたしな。よしんば予め《あらかじ》バイクを持ちこんでいたとしても、さっき説明したように十分も席を空けていない。二、三分で往復なんて不可能だ」

首を振り、絶望的な表情を見せる。

俺は罪悪感で一杯だった。俺が鈴木に訊いたばかりに、そしてそれを市部に丸投げしたばかりに、市部が悩む結果になっている。

対して俺は、上林の時ほど焦燥感に駆られてはいない。鈴木の言葉通りに丸山の母親が犯人なら素直に受け入れるしかないし、違えば喜ぶだけだ。それは上林と丸山のつき合いの密度の違いから来るのだろう。

我ながら冷たい人間だと思う。

市部にとってこの二人は同等に友人として護るべき存在なのだろう。苦悩の深さが物語っている。仮に俺の父親が犯人に名指しされることになっても、市部は同じように悩んでくれるはずだ。

……同じように。

＊

鈴木に訊けばあっさり解決する。

悪魔の誘惑が俺を苛《さいな》む。

全知全能のあいつなら、丸山の母親がどうやって犯行をなしえたかも、当然知っているはずだ。答えられなければ、即ち嘘を吐《つ》いていたことになる。

「それを調べるのが探偵団だろ」

前回の上林の時は、そう云ってはぐらかされた。だがそれは、犯行の動機が不明だったせいであり、犯行が行えなかったためではない。

今回は物理的に不可能なのだ。

上津里子が殺された頃には、丸山の母親は婦人会の面々と共に市部の家にいた。

市部自身はプライドにかけてもう少し捜査するつもりらしいが、本人に訊くのが手っ取り早い上に、本筋だ。混乱の原因は鈴木にあるのだから。

……だがそれは市部を裏切ることになる。

昼休み、俺は鈴木の肩にかけようとした手を止めた。

だが時既に遅く、鈴木が振り返る。宙にさまよう右手を持て余しながら、

「いや、なんでもない」

俺は鈴木に背を向けた。

「この前のように屋上に行くかい」

気軽に鈴木が声をかける。まるで集積所にゴミを捨てにいく約束をするかのように。

俺は一瞬戸惑った。

考えてみれば鈴木の方から誘われるのは初めてだ。鈴木にものを尋ねるとき、いつも俺の方から連れ出していた。なぜなら鈴木は「神が世界に関わったら面白くないだろ」といつも能力を出し惜しみするので、尻を叩かないと教えてくれないからだ。三日前もきな粉のために、俺が強引に腕を引っ張っていった。

ふと周囲を見回すと、鈴木の取り巻きの女たちが俺を睨んでいる。特にリーダー格の亀山《かめやま》千春《ちはる》は、呪い殺さんとばかりに嫉妬に満ちた眼差しを向けてきた。クラスでは小夜子の次に美人だ。ただ性格はキツく女王様タイプ。どこか母を感じさせる苦手な奴だ。

鈴木はクラスの人気者で八方美人。そのため彼の方から女を誘うことはほとんどない。かなりレアな事態といえる。

自分から鈴木に声をかけたときはそれどころではなかったため、女どもの視線など気にもならなかった。少し状況が変わるだけで、どうしてこんなに動揺するのか。俺は自分に腹が立った。

鈴木はそれら全ての環境を面白がるかのように、強引に手を摑む。俺は引かれ者のように鈴木に連れられ屋上へと行った。


三日前と同じように、暖かな日差しが照りつけている。

「僕に訊きに来たんだろう。どうして丸山聖子に犯行ができたのか」

俺は答えなかった。

「本当に僕の口から聞きたいのかい？」

「いや、結構だ」

今まで左右に振れていた天秤の目盛りが、一気に市部の側に振れる。俺は鈴木を睨みつけ拒絶した。

鈴木は満足げに頷くと、

「それがいい。元から教えるつもりはなかったけどね」

「訳知り顔で頷いているが、神様なんだから、どうせ俺の返答も知っていたんだろ」

「いや、未来の情報は遮断しているよ。前も云ったが全てを知ると、人生が楽しめないからね」

「生も死もないらしい神様に楽しめる人生などあるのか？」

「辛辣《しんらつ》なことを云う。神様を怒らせると、怖いよ」

「この世界に干渉しないんじゃなかったのか」

「たしかに」何がおかしいのか、鈴木は腹を抱えた。「まあ、君に犯人を教えた時点で、既に干渉しているわけだけど。それくらいの役得がないと、本当に退屈だし。神様も辛いところなんだよ」

「お前は嘘つきだ」

俺は再び鈴木を睨みつけた。唯一の絶対神に辛いなどという感情が芽生えるはずもない。

「神様は嘘を吐かないんじゃなかったのか」

「僕は嘘を吐かないよ。だから僕が辛いと云えば辛いんだよ。桑町君が考える辛いではなく、僕が述べる辛いが辛いの定義になるんだ」

平然と切り返す神様。

「それだと〝嘘を吐かない〟という定義自体も変わるんじゃないのか」

「そういうことになるね。僕がその気なら何でも変わるよ。君の過去すらね」

明後日《あさって》の方を向きながら呟く神様。最後の言葉は聞かなかったことにする。

「……一つだけ教えてくれ。もちろん答えてくれなくてもいい」

「やっぱり、この事件の情報が知りたいのかい」

爽やかな横目で俺を見る。

「それは探偵団で調べる。……俺が知りたいのは、俺たちが自分で満足行く答えを導き出すことができるのかどうかだ」

「遠回りな質問だね。でも気持ちは解るよ」

「それはそうだろう。神様なら斟酌《しんしゃく》しなくても土足で覗き見られるからな」

「ははは。まあいい、教えてあげるよ。充分可能だ」

俺は安堵した。たとえ人間関係の泥沼に嵌《はま》ろうとも、思考の泥沼に嵌り続けることはないようだ。もとより人間関係は既に異変を来《きた》している。両方に嵌り込むよりはましだ。

鈴木の言葉に嘘はないだろう。とりあえず俺は神様を信頼することにした。

4

解決までの苦悩と対照的に、謎が解けるときはいつも呆気ない。

「思いついたことがあるんだ」

翌日、児童会室で臨時の集会が開かれた。席に丸山の姿はない。声を掛けていないし、今日は塾の日だ。

「ただ誤解しないでほしいが、俺は鈴木の言葉を絶対的に信頼しているわけではないし、丸山の母親を是が非でも犯人に仕立て上げたいわけでもない」

比土、そして俺と順に顔を向けて前置きした市部だが、噛んで含める口調は、むしろ自分自身に云い聞かせているようだった。

市部はテーブルに両手を突きながら、浮かない表情でゆっくりと説明し始めた。

「逆に考えてみたんだ。前に桑町たちがそうしたように、もし丸山の母親が犯人であることが揺るがないのなら、いったいどうやれば殺すことができるのかって」

そして市部は真後ろのホワイトボードにタイムチャートを描き込み始めた。

「まず夜の八時。被害者がこの時間まで生きていたのは確実だ。一人だけなら嘘を吐いていたり、もしくは別人と誤解していたとも思われるが、証人は二人もいる。そして八時三十分。炊飯器の御飯が炊きあがり、その後しゃもじでかき混ぜられた。これは本人がしたという確証はないが、犯人がする理由もない。ただ、かき混ぜるだけなら発見時まで保温中のどの時間でも可能だろう。つぎは八時五十分。宅配業者が居留守を使われ、テレビが消えるのを聞いている。これも本人を見たわけではない。

重要なのは次で、九時に喜六が吠えだし、すぐにその声が止んだ。室内は物色され、九時二十分に裏門から怪しい人影が立ち去っていくのが目撃されている。……これは今までの証言とは異なり、被害者ではなく犯人の行動と考えられる。少なくとも犯人は九時から九時二十分のあいだ上津邸にいたことになる。丸山の母親が犯人だとすると、往復の二十分を入れて四十分、俺の家から席を外していたことになる。酒と宴の盛り上がりで記憶が多少曖昧になっていたとしても、さすがにそれは不可能だ。

つまり丸山の母親が犯人なら、上津邸に忍び込んだのは別の人間ということになる」

昨夜は寝ずに考えたのだろうか。目の下に色濃いくまを作りながら、市部は説明した。

「忍び込んだのは、遊び人の甥ね」

霊感少女が察しよく呟く。ああ、と市部は大きく頷いた。

「それしか考えられない。そしてここが重要だが、丸山の母親が犯人ならば、その甥は犯人ではない。里子を殺していない。かといって、愛犬を殺し金品を漁《あさ》る甥を、里子が黙って見逃すはずもない。つまり甥が忍び込んだときには、既に里子が死んでいたか、あるいは留守でいなかったかのどちらかだ」

疲労の色濃い市部だが、目は輝いていた。声にも張りがある。俺は安堵しながら市部の言葉に黙って耳を傾けていた。

「丸山の母親が二十分以上も席を空けられない以上、九時の時点で上津の家に死体があるはずがない。唯一あるとすれば、八時に目撃されたのは偽者だという可能性だが、それもありそうにない。つまり里子は甥が忍び込んだとき、留守にしていた」

「カレーを作ってご飯を炊いて、口もつけずに家を空けたというの？　それともいきなり丸山君のお母さんに呼び出されたの？」

艶《つや》やかな長髪を僅かに揺らし、比土が首を傾げる。

「もし呼び出されたのなら、携帯にしろ家電《いえでん》にしろ通話記録が残っているはずだ。もし残っていれば警察ももう少し丸山の母親を疑っているはずだ」

「それじゃあ、予め待ち合わせしていたと？」

市部が横に首を振った。

「これから出かけるというときに料理を作るのは変だし、そもそも俺の家の前で落ち合う約束をすることがおかしいだろう。仮に丸山の母親のほうは殺害計画をもって誘ったにしても、殺される里子のほうが受けないだろう。おそらく丸山の母親は車に土産物を取りにいった数分の間に里子を殺害したんだろうが、どうやって彼女が家の前に着いたことを知ったんだ？　携帯で来たことを報せれば、履歴が残るしな」

「市部君の話だと、あなたの家に被害者が行く理由は何もない気がするけど」

「ああ、なにもない」市部は素直に認めると、「だが、丸山の母親が犯人なら里子は隣の空き地で殺されたとしか考えられない。しかし、俺の家は里子と縁がないし、丸山の母親に会いに来たわけでもないだろう……そもそも里子の目的は俺の家ではなく、向かいの漬物屋だった可能性がある。あそこはラッキョウが有名だからな。カレーをいざ食べようとしたとき、ラッキョウがないことに気づいて、あそこまで買いに来たとは考えられないか？　そして自転車を俺の家の横に停めたとき、土産物を取りに戻った丸山の母親とたまたま出くわし、争いになり殺害してしまったんだ。凶器は土産物のカンピョウだろう。丸山の母親のほうは少し酒も入っていたようだし、理性のタガが外れたんだろう。そしてひとまず死体をトランクに詰めておき、解散後、里子の自宅まで運んだ。自転車も深夜に返したのだろう。すべて偶然だったと思う。というか、それしか丸山の母親が犯人であることを説明できない」

「自転車で十五分もかかるのに、ラッキョウを買うためだけにわざわざ来たのか。それに既に閉店しているだろ」

俺が口を挟む。この質問は想定通りといわんばかりに、市部はむかつくくらい即座に反論した。

「カレーの具もわざわざ遠くまで足を伸ばして有機野菜を買ってきているくらいだ。ラッキョウにもこだわりがあっておかしくない。カレーなら一度冷めても再び温めれば問題ないしな。それに里子が評判通りにお嬢気質の人間なら、店が閉まっていても欲しいものは叩き起こしてでも買おうとするだろう」

予め考えていたとあって、それなりに筋が通っている。

「でも」と今度は比土。彼女は透徹した瞳で、「里子が宅配便に居留守を使ったのが八時五十分でしょ。自転車で市部君の家までいってたのなら、九時を回ってしまうんじゃない？」

すると市部は、先ほどとは違って突然及び腰になると、

「ああ、その謎だけがまだ残ってるんだ。犯人でも甥でもない人物が忍び込み居留守を使ったとも考えられるが、そのような人物はいまのところいないしな。それが息子とかなら、既に警察に証言しているだろう。かといって喜六はリモコンとかに触らないよう躾《しつけ》られてるだろうから、八時五十分にテレビが消えたというのは犬の悪戯《いたずら》でもないだろうし」

いままで強引な推理を繰り返していたとは思えないほどに、消極的で物足りない口調だった。

「勝手に消えたんじゃないのか」

そんな市部に苛立つように、俺は思いつきを口にしていた。今回は黙って成り行きを見つめようと決めていたのだが……。

「丸山の母親が犯人である以上、その時間に里子は家にはいなかったはずだろ。だとすれば何か他の理由で放送が消えたとしか考えられない。ラッキョウを買いに行くのはたかだか三十分くらいだろうから、もしかすると里子はテレビをつけ放しにして出かけたんじゃないか。用心のため、夜はそういうことをする人もいるみたいだし。それにあの家はセキュリティには入ってないし。ただ、出るまでに見ていた番組がビデオやレコーダーで録画中のもので、デッキの外部映像で見ていたとしたら、ちょうど宅配便が来たときに予約が終了して音が消えてしまったとかも、ありうるんじゃないか」

「……ああ、そうかもな」

なぜだか市部は哀しそうな表情を見せた。

市部に助け船を出したはずが、彼は喜んでいない。

「これで丸山の母親が犯人でないという反証はなくなったわけだ」

この言葉で俺は気づかされた。自分が市部の背中を押してしまったことに。

そもそも、きな粉がリモコンの電源ボタンを押す場合も充分ありうる。どのくらい躾られているのかなんて、市部は知らないはずだ。それを〝ない〟と否定したのは、問題を残すことによって、丸山の母親の犯行であることを最終的に否定したかったからではないだろうか。

おそらくそれが市部の理性と情のギリギリの妥協点だったに違いない。

それなのに、最後の一穴を俺が塞いでしまった。再び辛い別れを経験しなければならないのか。思わず俺は下を向いた。まともに市部を見られなかった。

「お前が悪いわけじゃない。俺が誘導したようなものだ」

帰り際、市部が耳許で囁《ささや》いてくれた。涙が出そうになった。

＊

翌日、犯人が逮捕された。

里子の甥だ。

盗品を質に入れたことが原因で身柄が確保され、即座に逮捕状が発行された。甥は金品を盗んだことと犬を殺したことは認めているが、里子の殺害だけは頑《かたく》なに否定しているらしい。だが警察もマスコミも世間もみんな盗人の戯言《ざれごと》を信用せず、近く検察により強盗殺人犯として起訴されるらしい。

当然、丸山聖子は逮捕されず、丸山は今も久遠小探偵団に在籍している。彼の父親は来年の衆議院選に立候補することを表明した。

市部も比土も、以前と変わらない態度で丸山と接している。俺もそうだ。微妙にぎこちなさがあったとしても、丸山は気づかないだろう。丸山に何も罪はない。だが……。

もしあの時俺が、鈴木に、里子ではなくきな粉を殺した犯人を訊ねていれば、こんな風に悩む必要はなかっただろう。犬殺しの犯人を聞くことが子供っぽくて照れ臭く、つい里子の名で訊いてしまった。それを後悔しなくはない。

だが、きな粉殺しの犯人を訊ねても、鈴木は同様に教えてくれただろうか？
きっと、はぐらかされたことだろう。
なぜなら退屈を託《かこ》つ神様にとって、それは全く面白くもない展開だからだ。

ダムからの遠い道

1

「犯人は美旗進《みはたすすむ》だよ」

俺、桑町淳《くわまちじゅん》の前で神様は宣《のたま》った。

過去二回と同様、まるで昨日の理科の小テストで一番簡単だった問題の答えを教えてくれるかのように、さりげない当たり前の口調で。そこには神様が放つ真実の言葉という、鈴木《すずき》が自ら構築したシチュエーションとは全く逆方向の態度しかなかった。あるいは神様である鈴木としては、こんなこと大げさに云うほどのものでもないと、己の能力を自負しているからかもしれないが。

それでも俺は、「美旗先生が！」と尋ね返さずにはいられなかった。担任の美旗先生が殺人犯だと名指しされたのだ。それも児童によって。

「そもそも先生を呼び捨てなんて」

「殺人犯の名前を挙げるんだ。正確を期さないとね。関係がない別の美旗先生に累《るい》が及んではまずいからな」

しれっとした顔で鈴木は答える。憎らしい表情だ。

鈴木は神様である。本人がそう名乗っており、クラス、いや同じ五年生の間でもかなり浸透している。俺のように疑っている者や、全く歯牙《しが》にもかけない者もいるが、結構本気で信じ込んでいる連中が多い。特に女子に。

その辺はこの世に数多《あまた》いる、宗教の神様と変わらない。違うとすれば鈴木は自分から布教しないことだろうか。自分を敬《うやま》えとか迫ってくるわけでもない。信者のほうも、とりわけ亀山千春《かめやまちはる》をリーダーとする取り巻きの女達は鈴木を独占したいがため、逆にライヴァルを増やすことになる布教活動をする気配は全くない。

それでも多くの児童に鈴木は神様だと思われている。鈴木がいくつかの奇跡を俺たちに見せたせいだが、おそらくその力は本物だろう。それは認めざるを得ない。俺は鈴木が神様とは微塵《みじん》も思っていないが、なんらかの超能力者だろうとは睨《にら》んでいた。人より少しばかり感知能力に長《た》けた、神を僭称《せんしょう》するエスパーだと。

人間を超えた能力があればそれはもう神様ではないか、という見方もあるが、能力に限界があれば神様ではない、と俺は考えている。例えば俺には鈴木がこれから何百年も生きるとはとうてい思えないし、彼が大言壮語する何にでも変身できる能力というのも信じてなかった。実際、変身してみせてくれと云っても、「どうして僕が？　実証なんて立場が弱い者がする諂諛《てんゆ》行為だよ」とはぐらかされるだけ。口の上手い超能力者と変わらない。

ただ真実を探る某《なにがし》かの力は持っている。だからこそ、取り巻きの目を盗んで屋上まで呼び寄せたのだ。

「本当に美旗先生なのか?」

信じられなかったし、信じたくなかった。とはいえ、鈴木が美旗先生の名前を出すのは、予想できたことだった。なぜなら美旗先生はこの事件の容疑者の一人だったからだ。

殺されたのは美旗先生の恋人だった。

殺人事件が起こったのが日曜の夜。そして被害者の死体が見つかったのが月曜の朝。昼休みには刑事らしき男たちが職員室を訪れていた。俺たちが事情を知ったのは、下校したあと。

美旗先生は自転車通勤だが、休みの日は高級車で恋人と一緒に優雅にドライヴするのが常だったらしい。ギャップが凄いが、実は車好きで、質素な暮らしをしながらこつこつローンを返しているのだとか。そういえば、授業中でも自動車の話題になると、目を輝かせて熱弁を揮《ふる》っていた。

翌日の火曜から先生は学校を休んだ。その間、本当に美旗先生が犯人だったのか、と俺は気が気ではなかった。

美旗先生はまだ二十代半ばの生真面目で優しい先生だ。学生時代は柔道の重量級の選手で、今は二メートル近い巨体を左右に揺らしながら授業をしている。熊のような見た目に反し気は優しく、クラスで浮きがちな俺をいつも気に掛けてくれていた。俺が浮いているのは自業自得なので、先生には苦労をかけて悪いと思っているのだが、ぽんと背中を叩かれたときの巨大な掌が忘れられず、つい好意に甘えるそぶりを見せてしまう。

事件が発覚した時、すぐに自称神様の鈴木に犯人を訊こうかと思いはしたが、本当に美旗先生を名指しされかねないので、もやもやしながら踏み切れないでいた。

幸い先生は恋人を失ったショックで休んでいただけらしく、金曜日には、弱々しい表情ながらも俺たちの前に現れた。

「心配させてすまなかったな」

自分が一番大変だろうに、美旗先生は開口一番、俺たちに詫びた。力ない声で、あまり寝ていないのか目の下に隈《くま》ができている。柔道経験者の巨漢が、その日は一回りも二回りも小さく見えた。

父親が市会議員で情報通の丸山《まるやま》の話では、容疑が晴れたために教壇に立つことにしたらしい。わずか数日で身の証《あかし》をたてられたのは、有力な容疑者が他にもう一人いたのと、美旗先生自身にアリバイが成立したためのようだ。実際、刑事らしき男たちは月曜日以外には姿を見せなかったし、スキャンダルに口うるさいＰＴＡの連中も先生の復帰に何のクレームもつけていなかった。

週が明けて月曜日になっても美旗先生が学校に来ているので、もう大丈夫だろうと安心して、念押しのために鈴木に尋ねたらこのざまというわけだ。聞くは一時の恥聞かぬは一生の恥、というが、聞くは一生の不覚になってしまった。

もちろん、二ヶ月前、初めて鈴木に犯人を訊いたときのように、別の名前を挙げられることを願っていた。美旗先生が殺人事件に巻き込まれるのはこれが二度目で、前回は真犯人が捕まり完全な冤罪《えんざい》だったのだが、たて続けということで、先生を貶《おとし》めるような噂を広める口さがない奴らがいるのだ。ごく一部の保護者からも、犯人が捕まるまでは自宅待機するよう、クレームの電話があったらしい。本来なら恋人を失ったことに同情すべきなのに。

そして……無情にも神様は美旗先生を指名した。

「信じられない。それに美旗先生には歴《れき》としたアリバイがあるはずだ」

警察はすでに、美旗先生がシロだと判断を下している。丸山が何度も太鼓判を押していた。

「俺を揶揄《からか》おうとしているんだろう。この前も丸山の母親の名前を出すし」

しかし鈴木は平然とした顔で、

「前回、君たちは僕の言葉の真偽を詮索したんだろう。その結果、君は今回も僕に尋ねてきた。断っておくが、神は他人を揶揄ったり冗談で誤魔化したりはしないよ。神と人では立場に圧倒的な違いがあるからね。そういうのは優劣が誤差の範囲に収まる関係にだけ生じるものだ。それにもし美旗先生が犯人ではないと信じているのなら、どうして僕に尋ねたんだい？　少しは疑念が残っていたからだろう？」

「違う。一部の口さがない連中がうるさいからだ」

「それは訝《おか》しい。君が真実を知ったところで口さがない連中の口に戸が立てられるわけではない。戸が立つとしたら警察が犯人を逮捕したときだろう。単に神である僕の担保が欲しかっただけだろ。ならどうして僕の言葉を信じない？」

全てを見透かす目つきで鈴木は尋ねかけてきた。口調には有無を云わせない重みが含まれていた。残念だが、俺には反論できるほどの知性も経験もまだない。

「お前は意地悪だな」

俺が睨みつけると、鈴木はわずかに肩を竦《すく》めながら、

「意地悪なのは僕じゃなく、現実だ。君は自分に都合がいい答えを求めているに過ぎない。どうせなら真相を知りたいではなく、自分が望む未来にしてくれと頼むべきだな。もちろん、僕はそんな我儘《わがまま》に荷担する気は全くないが」

「神様なのに出来ないのか」

だが鈴木は俺の挑発に乗ることもなく、

「する気がないだけだ。僕が自ら創った世界を、どうしてわざわざ干渉して作り替えなければならないんだい？　僕の初期設定に欠陥があるということにしたいのか。それは無理な相談だよ。僕は完璧なんだから、そこに瑕疵《かし》はない。そして僕はこの世界に不満はない」

「預言だけなら人間でも出来るかもしれないからな」

超能力者が過去や未来を覗くことは出来ても、未来に手を加えることはできない。それが出来るのは本物の神様だけだろう。

「それで僕が君の望む未来に作り替えたとして、果たして君は作り替えたという僕の言葉を信じるのかい？　最初からこれが真実で、僕を嘘つき呼ばわりして、自分を誑《たぶら》かそうとしたと疑うだけだろうね」

俺は答えられなかった。何度も聞いたはずだが、いつも咄嗟《とっさ》に反論の言葉が出てこない。

「そろそろ戻っていいかい。昼休みにサッカーの助っ人を頼まれているんだよ」

文武に優れたわれらが神様は、押しのけるようにして俺の脇を通りすぎると、階下へと消えていく。

ほどなくグラウンドから黄色い歓声が聞こえてきた。

＊

「鈴木が、美旗先生が犯人だと云ったんだ」

放課後、児童会室に来た市部始《いちべはじめ》に俺は打ち明けた。客観的に見ると、泣きついているような状態だったかもしれない。俺にも否定できる自信はない。

市部は自ら組織した久遠《くおん》小探偵団の団長で、俺の幼なじみでもある。秀才でスポーツも得意、その上リーダーシップもある、と三拍子揃っているが、残念ながら容姿に若干の難がある。そのため華やかさに欠け人気の点で転校生の鈴木に大きくリードされている。

もちろん当人はそんな浮ついた人気など全く気にしていないようだ。まあ、人目を気にしていたら、探偵団などという明らかにオタクっぽいものを作ったりはしないだろう。

市部は児童会で書記を務め、その縁で、空き時間に児童会室を久遠小探偵団の本部として使うことを黙認してもらっている。そのため児童会室の扉には『久遠小探偵団』の看板はいつ何時《なんどき》も掛かっていない。

「先生がか……」

意外にも市部は絶句していた。俺が思っていた以上に市部にはショックが大きかったようだ。

俺の表情から察したのか、

「過去二回のことを考えれば、鈴木がまるっきり嘘を吐《つ》いているとは考えられない。とはいえやつの言葉が真実と決まっているわけでもない。丸山の母親の時だって、あの人でも可能性があったというレヴェルだし」

眉間に皺《しわ》を寄せた難しい顔つきで市部は説明する。

「美旗先生にはアリバイが成立したと聞いて安心していたんだが、鈴木が名指しするからには、美旗先生のアリバイにもどこか綻《ほころ》びがあるのかもしれないな」

奇妙なことに、市部も鈴木になんらかの信頼をおいているようだ。全くの嘘つきではないという信頼を。同時になんとか否定したいという執着も見せていた。俺にも「鈴木の言葉は信じるな」とよく云う。

「とりあえず、あとでそれとなく丸山に訊いてみる。本当にアリバイが成立しているのか。しているならどんなアリバイなのかと。それらを元に考えてもいい」

「俺は？」

「淳はすぐ顔に出るからいないほうがいいだろうな。あとこのことは丸山や比土《ひど》には絶対に洩らすなよ。比土はともかく丸山は鈴木のことをほぼ信じているから、鈴木が美旗先生が犯人だと名指ししたと知ったら、美旗先生を疑い出すに違いない。俺たちが疑っているのが判ったら、いくら優しい美旗先生でもいい気分じゃないだろうし」

「ああ、そうだな」

「あと――」と市部は口うるさい近所のおばさんのように注文を追加する。「淳は絶対に一人で行動するなよ。現実の殺人事件なんだから」

「解ってるよ」

市部に打ち明けた以上、市部の指示に従うのが道理だ。俺は渋々頷いた。もっとも丸山から情報を引き出さなければ行動の起こしようもないのだ。事件の現場も今までと違い、車でないと行けない遠い所だ。

「それで、淳はどう思っているんだ？」

さっきより一段トーンを下げて市部が尋ねてきた。

「俺？　何をだ？」

「美旗先生が犯人だと思っているのか、ということだ」

あまりに真剣な口調に、俺は首を何度も横に振った。

「そんなわけないだろ！　だから容疑を晴らしたいんだ」

「晴らしたいと云っても、警察は先生を疑っていないんだから、晴らしようがないだろ。それとも鈴木に向かって晴らすというのか？」

「……むしろ俺自身にだと思う。どうやっても美旗先生でないことが証明されたら、俺は納得する。安心して、危うく鈴木に騙《だま》されかけたと笑い話にする。今のままでは、喉に小骨が刺さったみたいに気持ち悪いんだ」

自分で訊いておきながらなんて云い草だろう。それは充分承知している。それでも疑念が悪魔のようにするりと忍び込んでしまった以上、曇りひとつないほどに払拭しなければならない。そうでないといつまでも美旗先生の顔をまともに見られないだろう。

「それはよかった」と市部は微笑む。「淳はまだ完全に鈴木に毒されていないようだな」

「当たり前だろ」

そのとき丸山一平《いっぺい》が入ってきたので、話はお預けになった。

「どうしたんだ？　二人とも」

室内に充満する湿った空気に違和感を感じたのだろう。丸山はきょとんとした眼で俺たちの顔を見比べた。

2

翌日の昼休み。仄暗《ほのぐら》い児童会室には俺と市部がいた。今日は児童会議があるので探偵団は休み。ただ、それも放課後のこと。昼休みは基本誰も使っていない。探偵団としても丸山と比土に内緒にするためのイレギュラーな活動だ。

「昨日の夜、丸山に訊いてきたよ」

部屋に入るなり、市部が話しかけてきた。手帳を取り出すと、ぱらぱらとページを繰り、

「殺されたのは榊原英美理《さかきばらえみり》という二十六歳の女性。隣の丹原《にばら》市の会社でOLをしていた」

丹原市というのはここから車で三十分ほどの距離にある町だ。昔は九十九《つづら》折りの峠越えの道しかなかったのだが、五年前に立派なトンネルと片側二車線の道路が敷かれ、バスも一時間に三本も走るようになった。

それに伴い数年前から合併の噂が出始めていたが、市役所をどちらに置くかで揉めて以降、ずっと膠着《こうちゃく》したままである。道路が綺麗になり、人の行き来は盛んにはなったが、古い住人たちのプライドは昔のままのようだ。

「美旗先生とは二年前に共通の友人の紹介で知り合ったらしい。交際を始めたのが一年ほど前」

その程度は俺も聞き知っているが、話の腰を折るのも憚《はばか》られたので黙って頷いていた。

「そして一週間前の月曜日の午前十時、彼女の死体が発見された。丹原市の山間には赤口《しゃっこう》ダムという大きな治水用のダムがあり、水面に浮かんでいる死体が近隣の老人によって発見された。重

りの石をつけて投げ込まれたらしく、被害者の両足首にはロープが結わえつけられていた。だが発見時ロープのもう一端は環になっていたものの何もなかった。緩かったのか、ダムに落とした拍子にとれたらしい」

市部の話によると、ダムは山間深くにあり、普段は人が立ち入ることが少ないが、その日は麓《ふもと》の老人が犬を散歩に連れてきていた。いつもより遠出で、ダムまで来るのは月に二、三度ほどだという。そのため犯人の目論見《もくろみ》に反し、死体は犯行の翌朝にあっさりと発見された。

死因は後頭部の打撲による脳挫傷。わずかだが傷が残っており、鈍器で殴られたのか、壁などに頭を強く打ちつけたのか、そこまではまだ判っていない。ただ脳の状態から、すぐに昏睡し死亡したと考えられている。

「まず、捜査線上に浮かんできたのが、美旗先生なんだ。もちろん警察は先生に事情聴取をした。そして次に浮かんできたのが被害者と同じ丹原市に住む石橋大三《いしばしだいぞう》だった。彼は被害者の会社の近くに勤める三十代半ばのサラリーマンで、被害者とは半年前から交際をしていたらしい。つまり被害者は二股を掛けていて、美旗先生もその石橋という男も、事件後、自分以外に恋人がいたことに驚いていたようだ」

「美旗先生、可哀想」

俺は思わず呟いた。あんな優しい美旗先生に二股掛けるなんて……。

「殺されて当然、とまでは思わないが、自業自得の面はあるよな。美旗先生が学校を休んでいたのは、恋人を殺されたショックもあるが、裏切られていたことも大きいようだ」

「先生、見た目と反対にナイーヴだからな」

「また被害者は県外の出身で、丹原市では賃貸マンションに一人暮らしだったため、他には殺害されるような強い動機が浮かんでこなかったそうだ。そのため容疑者は先生と石橋の二人に絞られたわけだが、石橋にアリバイがなかったのに対し、美旗先生のほうには歴としたアリバイが存在したんだ」

ようやく話が核心に入った。俺が緊張しながら身構えると、知ってか知らずか、市部はゆっくりとした所作で手帳をぱらぱらと繰った。

「司法解剖の結果、死亡時刻は前夜の七時から十時の間だというのが判明した。また殺害時、被害者は使い捨てのソフトコンタクトレンズを両目につけたままだったのだが、レンズが乾燥していてその具合からダム湖に投げ込まれたのは死亡してから一時間から二時間の間と考えられている」

「どういうことだ？」

「目を開けた状態で死ぬと涙が止まるから徐々にレンズが乾いていくだろ。だがダム湖に投げ入れられると、湖水で再び濡れることになる。ちょうどふえるワカメをお湯で戻したみたいに。ただ一度乾燥してしまったレンズが完全に元に戻ることもない。変形の度合いから判断して、乾燥し始めてから再び水につけられるまでの時間が、一時間以上というのが判ったんだ」

「そうか……じゃあ被害者は殺されてから、だいたい一時間かけて現場まで運ばれたということなのか」

それがアリバイとどう関連するのか判らないが、とりあえず確認すると、

「いや、それが」

市部は口を濁した。

「夜の八時に、被害者が上戸《かみど》の交差点で目撃されている。目撃者の話では、被害者が運転する車がダム方面の道に向かって走っていったらしい」

「どういうことだ？」

上戸の交差点というのはここからも、丹原市の中心部からも車で三十分ほどかかる離れた場所にあり、周囲はほとんどが棚田か林で道沿いに農家が点在しているような辺鄙《へんぴ》な所だ。その道も細く、俺も一度、ぶどう狩りの途中に両親の車で通過しただけ。ぶどう狩りの場所はダムの少し先にあり、上戸の交差点からダムへは一本道になっている。ダムまではおよそ三十分ほどだろうか。

「被害者は自宅の近所のレストランによく通っていたのだが、目撃したのはそのレストランで働いている中年女性で、その日は親戚の法事で上戸地区まで来ていたらしい。亭主の運転で来たのだが、法事からの帰り、夜の八時に上戸の交差点で信号待ちをしている時に、被害者が運転する車が目の前を左から右へ、ダムの方向に横切っていくのを見たというんだ。ほんの一瞬だったが、横顔に加え、服も彼女がよく着ていたものだったので間違いないという。また何の用で今頃ダムに、と気にかかったので、その直後に流れてきた八時からのラジオのこともはっきりと覚えていたようだ。目撃者の亭主は煙草を吸うために下を向いていたので車自体は見ていないが、妻が『いま、榊原さんが』と不思議そうに呟く声と、直後に流れてきたラジオのことはよく覚えていた」

「それで時刻が確定したのか。でもよく似た人という可能性は？」

「確率で云えばあり得るだろうが、もうぶどうの時季じゃないし、被害者によく似た顔でよく似た服装の、しかし全く関係がない女が、犯行時刻の近くに犯行現場のダムへ向かったとは、普通は考えないだろうな」

「まあ、そうか」

「ただ、それは最初、美旗先生に分が悪い情報だったんだ。お前も知っていると思うが、ダムに行くには二つの道がある。一つは上戸からだがもう一つは丹原から山道を直接抜けるルートだ。二つの道はダムの直前で合流している。丹原から上戸経由でダムへ向かうと一時間かかるが、山道だと四十五分ほどで済む上に道も広い。だから丹原の人間なら、ダムにしろぶどう狩りにしろ、普通は山道ルートを使うんだ。逆に吾祇《あぎ》の人間がダムに行くときは、丹原経由だと一時間十五分かかるのに対して、上戸経由だと一時間で済む。つまり上戸経由の道を使ったということは、吾祇から向かった可能性が高い。そして美旗先生は吾祇に、石橋のほうは丹原に住んでいる。これらから被害者は昼に吾祇の美旗先生のところに向かったあと、何らかの理由でダムに向かうことになったと考えるほうが自然だ」

「でも、石橋と吾祇に遊びに来てたのかもしれないだろ。もし同乗していたのが美旗先生で助手席に座っていたのなら、あの巨体だし、運転席側からでも先生の姿がはみ出して見えたんじゃないか？」

「まあ、美旗先生のアリバイが証明されたから、今では石橋と二人で吾祇に来たのではと考えられているけどな。ただ同乗者に関しては、目撃者もそこまでは判らないと話しているらしい。ほんの一瞬のことだし、ましてや夜なうえに運転中は車内灯をつけないしな。交差点の街灯の明かりで手前の被害者の姿だけ確認できたらしい」

予《あらかじ》め答えを用意していたらしく、市部は手帳を繰ることなく答える。さすがに市部はそつがない。

「それに、この目撃証言のおかげでむしろ美旗先生のアリバイが成立したんだ。淳も目撃者には感謝した方がいいよ」

「そうだ。早くそのアリバイというのを教えてくれ」

心の隅にずっと探していた安心という言葉を見つけながら、俺が急《せ》かすと、

「被害者が死後一時間後にダムに放り込まれたのはさっき話したとおりだ。もし被害者がダムで殺されたとしたら、ダムに着くのが早くても夜の八時三十分だから、投げ込まれたのは九時三十分以降になる。そこから被害者のマンションの近くにある駐車場まで四十五分。被害者の車のキーは、遺体のバッグではなくマンションの部屋から発見されたので、犯人が乗って帰ったと見ていいだろう。犯人は死体を沈めて失踪に見せかけたかったから、わざわざキーを部屋に戻したと考えられている。ともかく、これで十時十五分。車を戻したあと、最寄りのバス停からバスに乗って吾祇まで帰ったとすれば四十五分はかかるから十一時になる。タクシーを拾ったとしても三十分は必要なので、自分のアパートに戻るのは最短で十時四十五分ということになる」

室内にあるホワイトボードに略図と時間を書き込みながら市部は説明した。

「被害者の車は駐車場に戻してあったんだな」

「ああ。ダムの道路は湖岸まで舗装されているから、タイヤの痕とかは残されていなかったが。また車のキー以外は全てバッグの中に入っていた。それでアリバイだが、美旗先生は九時四十五分に自分のアパートで大学時代の先輩の訪問を受けているんだ」

「九時四十五分！」

鈴木が犯人だと脅すので、アリバイといっても小細工で何とかなる十分、二十分程度のものかと覚悟していた。なのに一時間も余裕があることにびっくりした。ここから丹原市まで往復できてしまう時間だ。

「その先輩の証言は信用できるのか？」

「一般人以上にな。なにせ相手は現職の警察官だし」

「警察官か」

一瞬驚いたが、柔道部の先輩だったら警察が就職先になるのも珍しくない。そういえば、先生の授業中にも、余談で一つ上の先輩の警察官の話が何度も登場していた。先生より小柄だが絶対に勝てない相手だったとか、いつも一升瓶を片手にいきなり押しかけてくるのだとか。そして部屋に入るなり「つまみ買ってこい」とぱしらされると、笑いながら嘆いていた。俺の反応から察したのか、

「ああ、その夜も先輩は一升瓶を持って、アポなしで押しかけたらしい。下手に連絡を取ると、用事があるからと断られるからだってさ。それで二時間ほど先生の部屋で酒宴を開き、日付が変わる前に帰っていった。とはいえ、勤務態度はすごく真面目と評判で、その先輩の証言を疑う様子は署内で微塵もないようだ」

「いつも買い出しにぱしらされると先生は話してたけど」

その合間に、何か細工が出来るかもしれない。

「買い物はすぐ近所のスーパーまでで、十分もかからなかったらしい。十時に閉店するので、先生は半額のシールが貼られた残り物の総菜を山ほど買ってきたみたいだが。酒には煩《うるさ》いがつまみ

には頓着しない人だったようだ」

　ぬかりなく、その辺も丸山から訊き込んだのだろう。ともかく買い出しの猶予が十分もなければ、おそらくアリバイトリックとは無縁だろう。

「でも、本当にその先輩は信用できるんだろうな。万が一ということもあるが」

　今までの経緯を考えると、故意にしろ過失にしろ、一時間ほど時刻を間違えていた可能性もなきにしもあらずだ。……とはいえ美旗先生のシロをクロにするような言動には、心が澱《よど》んでくる。

「さっき云ったようにスーパーは十時で閉まるから、十時以降に先輩が来ても買い出しは出来ないよ。しかも半額シールにはそのスーパーの店名と日付けが入っているしな。それにたとえ二人でアリバイの口裏を合わせようにも、不可能なんだ」

　市部はホワイトボードから離れ俺の前に立つと、

「そもそもこのアリバイは二つの大きな偶然から成り立っている。一つは、犬の散歩で被害者がたまたま翌日の午前に発見されたこと。そのために死亡時刻が七時から十時と絞られたんだ。あそこは何日も人が通らないこともあるから、数日後に発見されていたら、死亡時刻の幅ももっと伸び、先輩が帰ったあと殺しに行ったと考えられる可能性もあった。そもそも犯人は見つからないように足に重りを括《くく》り付けていたわけだしな。あっさり発見されたのは想定外だったはずだ。もう一つは、被害者の行きつけの店の女性がたまたま八時に上戸で被害者を目撃していたこと。吾祇から上戸経由でダムに行く道は人気《ひとけ》が全くなく、おまけに先生も被害者もあの辺とは無縁なので目撃される確率はほとんどなかった。それが目撃どころか時間まではっきりと覚えていたわけだ。そのおかげで先生のアリバイが成立した。本当に奇跡的だよ」

誰に感心しているのかは判らないが、市部は天を見上げ感嘆の息を吐いた。

だが奇跡は神様が起こすもので、その神様は美旗先生を犯人だと告げているのだ。

「それじゃあお前は、アリバイトリックはないと思うのか」

確認するように俺が尋ねると、

「ないと思っていたさ。お前が鈴木の名を口にするまではな」

複雑な声だ。まるで言葉には言霊《ことだま》があると信じ、そのために発する言葉を慎重に取捨しているかのように。

「じゃあ、今はアリバイトリックがあると考えているのか？」

「まだ何も思いつかないが、鉄壁に見えるアリバイが崩れる世界がどこかにあるのかもしれない」

語尾が少し力強い。探偵オタクの悲しい性で、高い障壁を前に逆に闘争心が湧いてきたようだ。

「お前、どっちの味方なんだよ」

俺が口をとがらすと、心外そうに市部は、

「それは俺が訊きたいくらいだ。お前がわざわざ持ち込んだんだろ。俺は先生をまったく疑ってなかったんだぜ」

「そうだな……すまん」

力なく視線と頭を下げると、市部は鷹揚《おうよう》に、

「聞いてしまったものは仕方ない。覆水盆《ふくすいぼん》に返らず。はたしてあいつの言葉が真実か確かめてやるだけだ」

徐々に鼻息も荒くなってきている。俺は否定しながらもどこか鈴木を信用しているところがあった。市部は歯牙にもかけていないようだったが、もしかして彼も鈴木を信頼しているのだろうか。

「なあ、市部。お前は鈴木の言葉が正しいと思うのか？」

おそるおそる俺は尋ねてみた。

「いや」

と、市部は即座に首を横に振る。

「百パーセント正しいとは思わない。ただ今までの傾向からして、全くの嘘でもないのだろう。詐欺師は九十九の真実の中に一つの嘘を織り込む。だから俺はあいつを信用しない。淳も信用しないほうがいい」

「……俺はやつは超能力者だと思うんだ」

俺は初めて自説を開陳した。神様はもとより、超能力を信じているというのも恥ずかしく、誰にも明かしてなかったのだ。鈴木の取り巻きたちには逆の意味で云えないが。

「つまり、あいつは超能力で過去か未来かはともかく情報を得ることが出来ると。この場合、事件は過去に起こったものだから過去になるか」

「なるほど」と市部は一度受け止めたあと、「だが……それは、どうだろうな」否定的な口ぶりになる。

「あいつに何らかの秀でた能力があるのは確かだろう。ただそれが人間を超越したものとは限らない。一般論になるが、未来予知に比べたら過去を覗くことは遥かに簡単だ。例えば校舎の屋上から望遠鏡で町外れの家の中を覗いたとする。家の中の様子が判るのは光が室内のそれぞれの色に反射して、その情報が望遠鏡にまで届いているからだが、一日後、その光たちを再び集めることが出来れば、理論的には一日前の家の様子を覗くことが出来る。ちょうど、一万光年離れた星の表面を一万年後に俺たちが見ているようにな」

「でも、光は拡散してバラバラになってしまうから、一日後に集め直すなんて人間業《わざ》じゃないだろ？」

「もちろんだ。だが未来を予知するよりかは遥かに簡単なことは判るだろ。予知のためには今はまだ反射すらしていない光をどこからか集めてこなければならないからな」

「四次元とかいうやつか」

「まあな。口で云うのは簡単だが、実際は今のままじゃ到底無理だから、次元を一つ増やすという便利な設定を脳内で創りあげたにすぎないけどな。腕がもう一本あったら、ギターを弾きながら飯が食えるのになと考えるのと同じだよ。今では四次元じゃ足らなくてその何倍もの次元まで必要になって来ているらしいけど。まるで千手観音だな。それはともかく、予知と過去を覗くのとでは同じ超能力者でもレヴェルが全く違うのは理解できるだろ」

　話の着地点がどこにあるのかはまだ見えないが、とりあえず俺は、ああ、と頷いた。

「じゃあ、過去を覗くことに絞った場合、どこまでの行為が可能なのか？　ＭＡＸのレヴェルだと任意の時間、任意の場所をまるでその場にいるかのように頭に描けるだろう。ちょうど四方に拡散してしまった光を、磁場などで再び目の前に集結させるように。それでも凄い力だが、ただ、過去をまるまる覗くのではなく、過去を推察するだけならそこまでの能力は必要ないだろうな」

市部も無関心を装いながら鈴木については幾度《いくど》も考えていたのだろう。やつに対する外堀を埋めるような考察が淀みなく流れ出てくる。

「推察？」

「やつは真実を知っていると嘯《うそぶ》いているが、真実を推察しているだけかもしれないってことだ。俺たち久遠小探偵団がしてきたようにな。極端な話、事件にまつわる情報を手に入れるだけなら丸山を擁《よう》する俺たちでも可能だ。丸山は議員の父親と婦人会長の母親から情報を入手しているが、鈴木の身内に警察関係者がいれば更に重要な情報が入手できるかもしれない」

「じゃあ、鈴木は特権的立場で手に入れた情報を元に推理しているだけというのか？」

「その可能性が高い。ただ……」

今までの勢いと裏腹に、市部は口を濁した。

「俺もやつが全く普通の人間だとは思っていない。やつが人より優れた能力を持っているのは確かだ」

なるべくなら認めたくない、そんな苦渋に満ちた表情だった。

「もしそれが名探偵のごとき推理力ではなく、もっと超自然的な、たとえば被害者の思念を読み取る力だとか。死者に対する読心術のようなものが……」

「超能力者の透視ではなく霊能者みたいなものか？」

「そう、口寄せ的なものかもしれない。それなら、やつが犯人の名前だけしか挙げないというのも理屈がつく。闇討ちでない限り、被害者は誰に殺されたかは判るからな」

「オカルト的だな」

俺は少々不満げに口にした。個人的には超能力は許容できてもオカルトは許容できない。夜中にトイレへ行けなくなるからだ。

「霊を死者の残留思念と考えると、オカルトと超能力は接点がなくもない。もちろん、俺は幽霊の存在は信じていないが。あるのは恐らく抽象化された情報だけだろう。そして恐ろしく直感が鋭い人間は、もしかすると無意識にそれを拾っているのかもな」

「そうだよな」市部も同じと知り、俺はほっとした。「超能力とオカルトは別物だよな」

「なに？　オカルトの話？」

突然、児童会室の扉が開き、比土優子《ゆうこ》が入ってきた。まるで登場場面をずっと狙《ねら》っていたかのように。お菊人形のような相貌にゴスロリ衣装をまとった、オカルト好きの不思議少女だ。自称・市部の将来の恋人である。

「いや、神様が……」

思わず口走ってしまい、俺は後悔した。そこそこ頭が切れる比土は察したらしく、

「二人でこそこそと……また鈴木君と関わっているの？」

俺たちを交互に見比べる。視線を俺に向けるときだけ嫉妬の表情が浮かんでいた。

「誤解だよ」

俺は市部を見た。市部は比土に顔を向けると、

「いや、やつは神様ではなく、超能力者か霊能者じゃないかという話をしていたんだ」

「ふうん。どうしてそんな話を」

将来の恋人だが、現在も市部の隣は誰にも譲らないといったふうに、彼女は強引に真ん中に割

り込んできた。

「ということは、桑町さん、また犯人の名前を鈴木君に訊いたの?」

「いや、美旗先生が関わっているから訊こうかどうか淳も迷っているんだよ。それを今、相談されたんだ」

市部がポーカーフェイスで取り繕う。俺にはまねの出来ない大人の芸当だ。

「そうなの」市部の言葉をどこまで信用したかは判らない。「じゃあ、私が代わりに訊いてきてあげましょうか?」

「比土は鈴木のことは嫌だったんじゃないのか?」

「嫌よ。彼は真っ白で何も見えないし、つかみ所もないから。私の闇の部分ががりがりと削られていきそうなの。それでも、二人でこそこそ相談して嘘を吐かれているよりよほどましだわ」

「判ったよ」溜息を吐いたあと市部は比土の顔をじっと見つめた。「正直に話すが……」

「鈴木君は美旗先生を犯人だと名指ししたのね」

機先を制すように、比土が結論づける。

「お前も鈴木に訊いたのか!」

俺が思わず尋ねると、

「まさか」比土は心底ぞっとした表情を見せる。「あなたの顔を見ていればそれくらい判るわよ。探偵団風に云うと推理ね。桑町さんは他人の空気が読めないだけでなく、自分が発している空気も読めないでしょ。つまり無防備なのよ」

空気のことで、不思議少女として校内に名をとどろかせている比土にとやかく云われたくないが、たしかに彼女は自分の空気は極力抑えている気がする。いわゆるいつも何を考えているのか判らないタイプだ。

比土は市部から事情の説明を受けると、「それなら市部君の考え通り、本当にアリバイが成立しているのか検証するしかないようね。私も協力するわよ」色白のポーカーフェイスのまま賛同した。もちろんその声に何の抑揚もない。

「とりあえず昼休みが終わるし、放課後、場所を変えて検討しよう」

「そうね。昼休みは来るつもりがなかったけど、虫の知らせで覗きに来て大正解だったわ」

俺のほうを睨みつけながら当てこする。今日に限らないが、比土はきっと大きな勘違いをしている。

それはともかく、虫の知らせでわざわざ来るところを見ると、ただのオカルト好きの不思議ちゃんではなく、何らかの（霊）能力を持っているんじゃないかと勘繰ってしまう。鈴木のように。まあ、勘繰りすぎると、俺以外の全員が某かを持っているようで不安になるのだが。

「丸山はどうする？　今日は塾があるから姿を見せないだろうけど」

市部が尋ねると、

「丸山君は口が軽いからダメね」

冷たく比土が突き放す。

「あいつはそんなにおしゃべりじゃない」

市部は即座に友人を庇《かば》うが、

「とはいえ、ことがことだし、しばらくは黙っておくか」

「ただ何度も事情を訊いていればさすがに気づくでしょうから、そのあたりは市部君の力量に懸かっているわね。いかに疑問に思われず必要な情報を訊き出すのか」

「荷が重い仕事だな。だが……それでもやらなければな」

リーダーとして責任の重さを痛感しているのだろうか。市部は窮屈な表情で呟いた。

3

美旗先生のアリバイを崩す。警察も太鼓判を押しているアリバイを、小学生ごときが一朝一夕でひっくり返せるはずもない。ただ、もう一人の容疑者である石橋にアリバイが全くなかったので、先生のアリバイを徹底的に検証することもなく石橋に絞ったのかもしれない。

ともかく一気に一時間も短縮するのは不可能に思えたので、授業中、わずかでも削れるところはないかと考えてみた。ちりも積もれば山となる。たとえ五分、十分でも、それを積み重ねていけば一時間の大台に乗せられるのではないかと。

もちろんこれはあくまでドライな推理ゲーム。アリバイ崩しを考えているあいだ、俺は自分にいい聞かせていた。そうでも思わないと、美旗先生の顔がちらちら脳裏をかすめてしまうのだ。そうなると哀しさで全てが覆われ、推理どころではない。心の中の大事な部分が一つ一つ石化していくような気になり、胃が重くなる。

いや、実際は目の前の教壇に立ち、声は耳にまで達しているのだが、それを何とかしてシャットダウンした。先生から見れば、今日の俺は全くやる気がないと映ったことだろう。日頃の行いのせいもあり、それくらいでは先生はとやかく云わない。それに先生自体が、事件を曳きずっていて覇気がない。

放課後、市部がうまく理由をつけて借りてきた家庭科室で俺と比土の三人が集った。家庭科室は児童会室より広く、一階でカーテンを閉め切っているせいもあり、三人だと声が虚ろに響く。

電磁調理器が置かれた流し台の前で、先ず口を開いたのは比土だった。

「ちょっと考えてみたんだけど、死体が捨てられたのは赤口ダムだけど、殺人現場はダムである必要はないわよね」

「でも被害者はダムに行くところを見られているんだよ」

向かいの丸椅子に腰かけ、俺が口を挟むと、

「それはダムではなく、ダムへ行く途中の交差点でしょう。だとするとそのすぐあとに二人が口論して殺人が起きたと考えても訝《おか》しくないわよね」

比土は相変わらず低いテンションで、淡々と説明する。

「そもそもダムで殺したのなら、殺害後一時間以上もそのままにしていたというのが腑に落ちないのよ。それよりも、殺害後三十分かけてダムに行き、足に重りを括りつけるなどの作業に三十分かけたあとに投げ入れたと考えるほうが自然だわ。それだけで三十分も時間が浮くわ。ほんとあなたたち何を手こずってたの？」

畏《おそ》れ多いというか、俺たちではなく、警察自体をもバカにするような冷笑を、比土は浮かべている。

ただ、目撃された直後にたまたま殺人が起こったという偶然は気にかかるが、そのプロセスだ

と十時十五分に自宅に戻れることになる。

どう？　という顔で比土は市部を見た。

市部は思案するように腕組みしていたが、

「考えなくはなかったが、それでもまだ三十分足りない。それに重りの石は現地調達としても、ロープはどこで入手したんだ。トランクにロープって積んでおくものなのか？」

「ロープを探すのも併《あわ》せて三十分ほどかかったんじゃないの？　それに殺害現場がダムでもロープがないのは同じでしょ」

「いや、計画犯罪で犯人が予めロープを持ち込んでいたとも考えられる。だがその場合、ダムへの道の途中で殺すよりも、もっと人目がないダムで殺害するほうが自然だ。道の途中だと、口論などから起きた突発的な殺人の色合いが濃いからな。比土もそのつもりだったんだろう」

「まあ、多少不自然な所はあるけど」

比土が云い淀む。他のことはともかく、推理に関してはさすがに市部が格上だ。

「それなら、最初は湖面に投げ入れるだけのつもりだったけど、捨てようとしたときロープと石が目に入ったので沈めることにしたというのは？」

「まだそちらの方が、可能性としてはあり得るな」

今度は市部も否定しなかった。ただ一応の筋が通っても、三十分足りないことには変わりはない。そこは明日までの宿題、といった雰囲気が伝わってきた。

「桑町さんは、なにかアイディアはないの？」

家庭科室にしばしの沈黙が流れたあと、比土が煽《あお》ってくる。といっても言葉だけで、瞳も口調も冷静そのもの。

「いや、俺も一応考えてみたんだけどな」

「そうなんだ」

声を上げたのは市部だった。まさか市部は、俺には何も浮かぶはずはないと決めつけていたんじゃないだろうな。

「車をすぐに返しに行かなかったんじゃないかと思ったんだよ」

少々苛立ちながら、俺は市部の目を見て説明した。

「犯人が殺害後に丹原の被害者のマンションに寄って、そこから吾祇まで帰るから一時間十五分かかったわけで、直接帰るなら一時間で済むだろう。そして先輩が帰ったあとに車を返しに行ったんじゃないかとな。たしか月極駐車場はマンションと少し離れていたから、夜中に戻しても気づかれないだろうし」

それでも十五分縮むだけだ。比土と比べてもたいした短縮ではないが、ちりも積もれば作戦の第一歩としては悪くないと思う。

「どうして先に車を戻さずに自宅に帰ったの？」

案の定、比土が突っこんで尋ねてくる。

「車のトランクに何か積んでいたのかもしれない。自分のものとすぐ判り、かさばるものを。普通に考えれば、日曜日、被害者は車で先生のアパートに行き、その後夕方にダムに向かったわけだから、最初から殺害を計画していなければ、その間にドライヴに必要なグッズを積み込んだかもしれない」

「そうね。でも十時四十五分が十時三十分になっただけよね」

自分も三十分足りないくせに、上から目線で指摘する。対して、市部は考え込んだ様子で口を開かなかった。

「ほんの二時間前から考え始めたばっかりだし。今晩ちゃんと考えてみるさ」

そう比土に云い返すと、

「もちろん私も考えるわよ。市部君の将来の恋人にふさわしい推理をね」

深淵を湛《たた》えた漆黒《しっこく》の瞳で、比土は俺を見つめ返している。

彼女にとっては先生よりも、市部の前で俺を蹴落とすほうが重要らしい。それでこの話に乗ってきたのかと、ようやく合点がいった。

むかつくが、鈴木の言葉に踊らされて先生を犯人扱いして、必死で抜け道を推理をしている俺も同じ穴の狢《むじな》だ。

「なあ市部、お前はどう思う」

腕組みしたままずっと黙り込んでいる市部に向かって尋ねると、彼は渋い表情のまま「一つ思いついたんだが、今晩丸山に確認してみる」と静かなトーンで説明した。

「もちろん私も考えておくわ。あと三十分を縮めるために」

比土の言葉で、今日はお開きになった。

＊

次の日の放課後。丸山に内緒で探偵団の集会が児童会室で開かれた。幸か不幸か、丸山は算数のテストの成績が悪かったので、ここ数日、塾で補習を受けている。

「今日も行けなくて悪いな。母親がうるさくて」

頭を掻きながら詫びる丸山に、「そんなこと気にせず、補習をがんばれよ」と声を掛けて励ます罪悪感は、結構くるものがあった。とにかくスマイルが引きつる。

そして放課後、いつもの児童会室に三人が集まる。話題が話題なためか、市部は始まる前に窓のカーテンを閉じた。

「一晩考えたんだが……」

この日は俺が最初に発言した。

「昨日の俺の推理と比土の推理、この二つを組み合わせれば更に時間が縮まると思うんだ」

ちりも積もれば作戦の本領発揮だ。俺は昨晩の入浴中に思いついた推理を披露した。

「上戸の交差点を過ぎた辺りで被害者を殺害する。ダムまで運んで九時に死体を遺棄。ここまでは比土説と変わらない。問題はこの次でそのまま車で自分のアパートまで戻るんだ。ダムから先生のアパートまでは一時間だから、帰宅を十時まで早めることが出来る」

「でもまだ十五分足りないわね」

予想通り比土が冷徹に指摘する。

「ああ、承知している。しかしすごい進歩だとは思わないか？　順調にアリバイが削られていってるんだぜ。あと一息だよ」

知らず口が弾む。美旗先生を信じたいのに、我ながら矛盾した感情なのは充分に承知している。もしかすると俺は悪人なのかもしれない。

「じゃあ、比土はどうなんだ？　三十分より縮んだのか？」

意を得たように比土が口を開きかけたとき、

「その前に」市部が太く通る声で遮《さえぎ》った。そして俺の顔を見ると、「昨日の会議の最後に俺もその可能性に気づいていた。だから昨日の夜、丸山に訊いてみたんだ。駐車場の被害者の車について」

今度は比土に顔を向け、

「丸山の話では、月極駐車場の被害者の車について覚えている人はほとんどいなかった。というのもその駐車場は半分ほどしか契約が埋まっていなくて、被害者の車の両サイドは空いていた。しかも通勤に使う人が多く、日曜は駐車場にすら近づかなかった人が大半らしい。ただその中で……」

そこで市部は唇を湿らせた。緊張感がこちらにも伝わる。

「一つおいた隣に駐車している家族が覚えていた。今のところ唯一の証言で、その家族は夫婦と子供二人の四人で早朝から行楽に出かけたのだが、その時刻、朝の七時には車はまだ置いてあった。そして帰ってきたのが十一時半頃で、その時も車が置いてあったのは確かだ。長旅で疲れた長男が、よろけたのか車のボンネットに手をついてしまったからよく覚えているらしい」

「ちょっと待ってくれ。十一時三十分は美旗先生はまだ先輩と酒盛りをしている頃じゃないか」

そう、と市部が強く頷く。

「だから犯行後、一旦アパートに戻るという選択肢はないんだ。さすがに酒の肴《さかな》を買いに出たついでに車を戻すなんて芸当はできないしな」

「先輩が二時間いたのは本当なのか。酔って感覚がおかしくなっていただけで、実は一時間しかいなかったとか」

十一時までに帰れば、ぎりぎり十一時三十分には間に合う。

「一応、俺もその可能性を考えてみたんだが、先輩が帰る頃に、美旗先生の部屋ではTVをつけていたらしいんだ。それもニュース番組を。これが実際より時間を早く見せかけるのなら録画したものをタイムラグをおいて観せればいいが、逆は無理だ。まだ放送されていないからな。しかもニュースだし。実際ニュースの内容は先輩の記憶と一致していた」

「解ったよ。つまり先輩は十二時前まで確実に美旗先生の所にいたんだな」

半ばほっとしながら俺は引き下がった。俺の説が否定されるということは、美旗先生の潔白がまたひとつ証明されている証でもあるからだ。

「そう、そのとおり。だから先輩が突然訪れた十時前までに、美旗先生は全ての処理を終えてなければならないことになる」

自ら確認するように市部は云うと、比土に向かって、

「遮って悪かったな。それで比土の推理は？」

「私のも今のでだめよ」比土は残念そうに首を振った。といっても蠟人形のような表情は全く変わっていないが。「八時に殺したあと自分のアパートに引き返したのかもしれないと思ったのよ。善後策を考えるためにね。殺人の動機が二股を知って口論となった末の衝動的なものだったら充分ありうるでしょ」

「それだと、そもそもコンタクトレンズが乾きすぎないか？　たしか猶予は一時間から二時間の

間だったはずだ」

記憶を頼りに俺が異論を挟むと、

「そう？　それなら先輩が来たときに慌てておお風呂に隠したのかもしれないわね。まあ、どちらにしても車は返しに行けないけど」

「面白そうだが、先生の風呂はトイレと洗面台が一緒になった三点ユニットだと、授業中に聞いたことがある。酒を呑めばトイレに入りたくなるし、バスに湯が張ってあれば、風呂蓋があっても死体が浮いてすぐにばれてしまう。死体を隠すなら、普通は湯が張ってあったとしても慌てて抜くだろうな」

口許に手をやりながら、市部が的確に否定する。

「そうね」

市部相手なら比土もあっさりしたもので、気分を害したふうはない。

「それで、市部はどう考えてるんだ？」

広い机に片肘をつき、期待しながら俺が尋ねると、

「俺が考えているのは被害者は自分の車に乗っていなかったんじゃないかということだ。被害者は白い4ドアセダンに乗っていたんだが、自分で運転しない中年女性なら、白い4ドアのセダンを見ればどれも同じに見えたんじゃないかとな。夜道で目の前を一瞬横切っただけだし、それなら被害者のマンションに車のキーが残っていたのも当然といえる」

「たしかに、被害者が運転していれば被害者の車と思い込みそうね」

蛇口越しに比土が静かに頷いた。

「でも、どうして被害者が他人の車を運転していたんだ？　もし先生の車なら先生が運転しているはずだろ。それに駐車場の問題はクリアになったとしても、十時が限界なはずだ」

「だが、今、比土が推理したように、死体をまず家に持ち帰ったとしたら、一応の説明はつく」

市部が説明する。言葉は曖昧で、まだ確信には至っていないようだ。

ただ自分の推理が援用されたためか、比土は少し嬉しげだった。いつもの無表情の上にうっすらと笑みが浮かんでいる。逆に気持ち悪い。

「もちろん、湯を張った風呂に死体を沈めたとは考えられないから、何らかの理由で一時間後に目や顔が湿ったと考えれば説明がつかなくもない。あの日はずっと晴れていたので当然雨などではないが。もっと別の理由だろう。不明な点は多いが、ともかくこれで、美旗先生のアリバイを崩すことは可能なのだが……」

市部にしては、切れ味が悪いセリフだ。苦渋に満ちていると云っても過言ではないだろう。己の推理をまったく信じていない、そんな歯がゆい気持ちの表れのようだ。つぎはぎだらけのバラックのような不格好さ。

こんな市部を見るのは久しぶりだった。

4

「どうしたんだ桑町。こんなところで」

俺が先生に声を掛けられたのは、日曜日、先生のアパートの近所でだった。

アリバイが崩れない以上、先生は潔白である。嬉しいはずなのだが、霧はいまだ心にかかりすっきりしない。先生の無実を喜べない。神様の呪いだろうか。

といって先生のアパートの場所を知っていたわけではない。町名から何となくあたりをつけ足をそちらに向けていただけだ。本当に何となくだった。

「散歩中なんです」

動揺を隠したままうまく答えられただろうか。桑町はホントに一人が好きだな」

「一人でこんな遠くまで散歩か。桑町はホントに一人が好きだな」

いつもと違い、窘《たしな》められている感じではない。この辺りはバブルの頃に宅地化が進められたせいか、公園などもしっかり整備されていて、犬を連れて散歩している人も多い。先生はふっと溜息を吐くと、

「まあ、それもいいかもな。僕も今は一人でいたい気分だし。誰しもそういうことはあるよな」

そこで思い出す。先生が恋人に裏切られていたことを。この事実は先生が犯人であろうがなかろうが関係ない。

「なあ、桑町。一緒にドライヴしないか」

「ナンパですか？」

「ん？　嫌なら無理には誘わないが」

「乗ります」

俺は慌てて答えた。

「そうこなくちゃな。角倉峡《かどくら》まで行くか？　あの辺なら紅葉も綺麗だし」

角倉峡は吾祇の中心を流れる河の上流にある岩場の景勝地で、岸壁に挟まれた谷を縫うように河が走っている。急峻な見た目の割りに流れが緩やかなため河原にキャンプ場が造られており、頭上には歩行者用の赤い吊り橋が渡されている。片道三十分くらいだろうか。ドライヴにはちょうどいい距離にある。

因みにこの河は赤口ダムとはまた違う水系だ。

「お願いします」

先生も被害者と一緒にデートで行ったのかな、そんなことを考えながら先生の案内で駐車場に行く。野ざらしではなく車庫つきの駐車場だった。訊くと通常の倍はするらしいが、「大事な車に傷をつけられるのは嫌だから」と鍵つきの車庫を借りているという。

先生のエスコートで助手席に乗りシートベルトを締める。そこから愉快なドライヴが始まる……はずだった。はずだったのだ。

カーステからは心地いいアイドルソングが流れているし、シートもクッションが効いていて、真っ赤に染まった紅葉も渓谷の眺めも最高だった。それでも俺の気は晴れなかった。いや、ますます曇っていった。心の中の先生のエリアが、徐々に小さく狭くなっていく。

なぜなら、先生の愛車は白い外車だったからだ。左ハンドルの……。

＊

ドライヴの最中、先生の右側に座りながら俺はずっと考えていた。もし右側で信号待ちしている車から見れば、一瞬、俺が運転しているように見えるのではないかと。もちろん俺は子供だからすぐに左ハンドルだと判るだろうが、これが大人だったなら、そのまま勘違いしてしまうのではないだろうか？

しかも相手が車に疎い中年女性ならなおさらだ。夜道でほんの一瞬なら、被害者が白い車を運転していると錯覚しても訝しくない。

しかもだ。助手席にシートベルトを着けて座っている限り、俺の生死は関係ない。

被害者のコンタクトレンズは乾いていたらしい。つまり目を開けて死んでいたのだ。目を開けて正面を向いて座っていれば、既に死んでいたところで運転しているように見えるだろう。

もし、上戸の交差点を通過した時点で死んでいたのなら……。

死亡推定時刻は七時から十時。七時三十分に殺害し、そのまま助手席に乗せてダムに向かう。もしかすると殺害現場は先生の自宅なのかもしれない。二股のことで口論となり、先生が思わず突き飛ばしたところ打ち所が悪く……。それならロープは家から持ち出せばいいだけだ。

途中の八時に上戸の交差点で目撃されるが、当然被害者をよく知る人物だとは気づいていない。上戸に限らず、あの近辺には先生や被害者の縁者はいないはずなのだから。

そして八時三十分にダムに着き、手頃な石を見つけ重りにして投げ入れる。赤口ダムから先生のアパートまでは一時間だから九時三十分には戻れることになる。部屋に戻ったところで先輩の襲撃を受けたとすれば辻褄《つじつま》が合う。あくまで辻褄だが、アリバイは消えてなくなるのだ。ドライアイスのように跡形もなく。

……はたして市部たちに話すべきだろうか？

先生の車から降りたあとも、俺はずっと悩んでいた。市部は不完全ながらも先生のアリバイを崩している。当人は全く納得していないが。だが、それ故に先生の無実を信じている風にも見える。こんな無茶な推理でしか先生のアリバイは崩せないのだと。

昨日虫喰いだらけの仮説を披露し、いずれ推理の隙間を埋めると宣誓していたが、それでもバラックのままだろう。このまま放っておけば、市部にとっては不本意だろうが、みんな丸く収まるのかもしれない。

ただ、と俺は市部の家がある方向を見つめた。角倉峡へ行く途中に通ったから、今、俺が先生に送ってもらったところを見かけたかもしれない。その時は、先生の愛車が左ハンドルなのも知るだろう。そうなると、俺より遥かに賢い市部のことだ。即座に結論に辿り着くことだろう。

もちろん、アリバイが崩れたからといって先生が犯人と決まったわけではない。もう一人の容疑者はそのアリバイすら最初からないのだ。だが、鈴木の預言は否定できなくなってしまう。鈴木は真実を全て知っていたのだろうか、それとも先生の愛車が左ハンドルの外車だということだけ知っていたのだろうか。あるいは市部が言及したように、被害者の声を聞いて。

俺には判らない。

「外車だときっと悪戯《いたずら》されるから、先生はその車で学校に来ちゃだめだよ。乗るならもっと安いセカンドカーにしないと」

別れ際、礼を述べたあと、笑顔を浮かべる先生に俺はそう云うのが精一杯だった。

俺の心のかなりの部分が石になっていた。

バレンタイン昔語り

1

「犯人は依那古朝美《いなこあさみ》だよ」

俺、桑町淳《くわまちじゅん》の前で神様は宣《のたま》った。

奴の託宣はこれで四回目。しかし今回は過去の三回とは異なり、俺が聞いたこともない名前だ。

「依那古……朝美……誰だ？」

「それくらい自分で探しなよ。本当に犯人を知りたいのならね」

十一月。秋の終わりを感じさせる肌寒い風が吹きすさぶ中、神様はあいも変わらず涼しい顔で答える。

どぎつい竹色の高い金網に囲まれ、打ちっぱなしのコンクリートが風雨でまだらに変色した殺風景な屋上。目に入るのはこの町を分厚く囲む山ばかり。下からは昼休みに運動場でキックベースに興じる生徒たちの声が洩れ聞こえてくる。そんな屋上が、前回に続き託宣の場所となっていた。

「ああ、そうするよ。でも、本当なんだろうな」

俺が念を押すと、

「疑っているのかい？　まあ、疑うのは君の自由だけどね」

優等生の仮面を一ミリも外すことなく、鈴木《すずき》は軽く受け流す。

鈴木は神である。本人がそう宣っている。実際クラスの連中に、神業《かみわざ》ともいうべき言動を何度か見せている。その上、俺の前では三度、殺人事件の犯人を名指ししてみせた。ただ、最初はともかく、あとの二回は、それが真実かどうか確定していない。事件は別の方向へ収束したからだ。

俺は、鈴木は神様なんかではないと考えている。決して無神論者ではないが、神様や仏様が同じクラスに転校してきて目の前で平凡な生活を送っているとは思えないからだ。しかも日本古来の八百万《やおよろず》の神ならともかく、奴は自分のことを、この世を創造した一神教の唯一神だと云い張っている。自分以外に神様はいない、一にして無限大、因《いん》にして果《が》の、究極の存在だと。

そんな戯言《ざれごと》など信じられるわけもない。

ただ鈴木が、何らかの特殊な能力を持っているのは確かだ。千里眼のごとき超能力を。奴はそれをもって神様を僭称している。そして愚かにもクラスの大半は信じている。

それが俺の弱みでもあった。神様ではないが、能力は本物。だから降霊術や似非《えせ》超能力者を暴いたマジシャンのようにはいかず、アンビバレントな感情で接さざるをえない。

一番厄介なのは、奴が俺に信じることを強制してこないことだ。もし信仰を迫ってきたのなら反発もできるのだが、柳に風で、常に意地悪く犯人の名を告げるだけ。信じる信じないは俺任せ。決して俺の価値観には踏み込んでこない。持つ者だけが持つ余裕の態度だろうか。それが、余計に俺の感情を逆なでする。

「関わるべきではない」

幼なじみで、同じ久遠《くおん》小探偵団のリーダーである市部始《いちべはじめ》は、何度も俺に説教した。「耳を傾けるべきではない」とも。俺も市部の言葉が正論だと理解はしている。持たざる者が持つ者に、何をもって挑もうというのか。

そんな奴に四度《よたび》俺が尋ねたのは、これが最後だと決心してのことだった。踏ん切りをつけるために。

川合高夫《かわいたかお》を殺した犯人は？

これが俺が投げかけた問いだった。

前年度の聖バレンタイン・デーに池で溺《おぼ》れ、事故死として処理されたクラスメイト。

「知った名前が出てこなくて嬉しかったかい」

こちらの感情を読みとったように、鈴木は鋭く微笑んだ。

背筋が冷たくなる言葉だ。氷のナイフが心臓に突き刺さる。奴は本当に知っているのか。それとも俺の顔色から鎌をかけただけなのか？

「うるさい」

そう吐き捨て、俺は背を向けた。震えそうになる足で、そのまま階段を下りる。

鈴木の指摘通り、たしかに俺はある名前が出ることを恐れていた。いや、望んでいたのかもしれない。事件から一年間近く、自分でもそう信じていたからだ。

だからこそ、依那古朝美という謎の人間が犯人だと名指しされたとき、驚いたと同時にほっとした。

あれは今年の二月、まだ鈴木がこの学校に転校してくる前のことだ。俺は川合高夫から告白された。

当時、川合と俺は同じクラスだった。川合は隣町の出身で、両町合同の地区会で一年の時から顔を合わせていた。

川合は口数が少なく堅物として知られていた。といっても暗いわけではない。勉強もスポーツもそこそこ出来、見た目も普通。少し背が低いくらいか。先頭に立ちこそしないが、後ろからしっかり支えてくれる、落ち着いた真面目人間という評価だった。

四人姉弟の末っ子で、上に三人の姉がいる。跡継ぎが欲しい父親の待望の男児で、産まれる前から高夫という名前が決まっていたという。大事に育てられたせいか、坊ちゃん的なおっとりした部分もいくらか残っている。

クラスでも地区会でも、用事があれば言葉を交わすが、世間話はほとんどした記憶がない。その他大勢の異性のクラスメイト。川合とはそんな関係だった。そのため、告白を受けたとき、最初は揶揄《からか》われているのかと疑った。彼を異性として意識したことは一度もなかったし、俺自身、告白されたのが初めてだったせいもある。

返事は一週間後のバレンタインにしてくれ、と視線を下に逸らせ、赤面しながら川合は走り去っていった。普段の落ち着きぶりとの落差で、余計にコミカルな印象を受けた。

半信半疑になりながらも、日頃の真面目さ故、俺は彼の言葉を信じる方へと傾いていた。もちろん求愛を受けるという意味ではない。断るつもりだった。

だから真剣に考え、返事をしなければならない。なるべく傷つけず、哀しませないように。生まれて初めての返答に散々悩み、知恵熱を出してしまうほどだった。まだ若かったのだ。

赤目《あかめ》正紀《まさき》から告白されたのは、それから三日後のことだった。

赤目は川合と家が隣同士で、生まれたときからの親友だった。傍目から見てもそうだし、自分たちもそう公言していた。堅物の川合と違い、赤目の方は陽気でお調子者。勉強は苦手だが、スポーツ（特にサッカー）が得意。顔は猿に似ているが、どちらかというと男前の部類だろう。男女の差無く喋り好きなので、俺も以前から普通に話していた。もちろん、だからといって川合同様に意識したことなど一度もなかったが。

また当時、赤目には交際していた女がいた。赤目と同じ町内で二つ年上、名前は……もう忘れてしまった。去年まで町内児童会で顔を見かけたので、まだこの町にいると思う。

二人は家が隣なだけでなく、誕生日まで同じだという。そんな生命の神秘の端緒から繫がりがある親友同士から、わずか四日の間に立て続けに告白されるなんて、偶然にしても出来すぎている。当時の俺がそう考えても不思議はなかっただろう。そのうえ、赤目は彼女持ちだ。いくら俺が断る予定でその気がないとはいえ、虚仮《こけ》にされるのはまた意味が違う。

赤目の告白を受けたあと、真剣に悩んでいたのが途端にばからしくなった。クラスのマドンナとも云うべき新堂《しんどう》小夜子《さよこ》ならともかく（彼女は幼稚園のころから告白されまくっていた）、やはり自分には分不相応だったのだ。少しでも浮かれていた自分自身が恥ずかしくなった。

そしてバレンタイン・デーが来た。

夕方、俺は約束通り盛田《もりた》神社の境内に行った。盛田神社は通学路を一本入った道から、山裾の石段を登った先にある。乾燥しひび割れが入った鳥居と、古ぼけた祠《ほこら》だけの小さな神社。いつも無人で、周りを鬱蒼《うっそう》とした鎮守の森に囲まれている。丑《うし》の刻参りの噂もまことしやかに流れ、夕方になると不気味なくらいに静まり返っている。

学校の男どもは、他人に盗み聞きされないというメリットを活かし、たまに秘密基地的に遊んでいるらしいが、大半はつまらない悪巧みの相談の場として使われているようだ。

石段を登りきったとき、川合が鳥居の下で待っていた。カバンを祠の脇に置き、神妙な顔つきをしていたが、俺を認めると焦るように返事を求めた。

「ふざけないで」

当然、俺は怒鳴りつけ、赤目からも告白されたことを教えた。

「本当かそれ！」

川合がギョロッと眼をむき出す。

「何を惚《とぼ》けてるのよ。二人で私を揶揄《からか》って楽しいわけ？　まして赤目君には彼女がいるし」

「それは違う。赤目はなんの関係もない。僕も初耳だ」

川合の顔はいたって真剣だったが、そんな戯言《たわごと》を今さら信じることは出来ない。

「どうせ私が告白を受けたら、二人で笑い物にする気だったんでしょ？　それとも、もうどこかで赤目君が姿を隠してこちらを見てるの？」

鎮守の森は深い上に木の幹が太く、子供ひとりくらいいくらでも隠れられそうだ。現に人か風かそれともイタチかは知らないが、ガサと枯れ葉が鳴る音が聞こえてきた。

「違う！　俺は本当にお前のことが」

訴えるが早いか、川合の右手は俺の腕を摑んだ。もう片方の手で肩を包もうとする。躰《からだ》が川合の方へと引っ張られていく。余りの力強さに、俺は全身を恐怖感に襲われた。

「止《や》めて！」

足を踏ん張り、必死に手を振り解《ほど》く。川合の力は相当だったが、奴も少しは正気に戻ったのか、一瞬力が弱まる。

「最低よ！　もう絶交だから」

小学生にとって絶交という言葉の意味は重い。云うや否や、川合は膝から崩れ落ちた。俺は数秒で息を整えたあと、冷たく一瞥《いちべつ》し、石段へ駆けていった。

「待ってくれ！」

背後から声が飛んでくる。寡黙で堅物な川合とは思えない情けない声。だが俺は振り返らなかった。怒りの感情しか、その時はなかった。

「赤目の野郎、ふざけやがって」

そして……石段を半ば駆け下りたときに届いたその台詞が、俺が聞いた最後の言葉だった。

翌朝、川合の死体が池で発見された。

神社の裏手に深い池があり、川合はそこに落ちて溺死していた。夜になっても帰宅しないのを心配した両親から、捜索願が出されていた。昨晩は親しいクラスメイトや担任に、両親から電話があり、そこそこ大きな騒動になっていたらしい。

現場の池だが、周囲には腰くらいの柵が張り巡らされている。ただ、ところどころ隙間があり、忍び込んで釣りを楽しむ子供らがいる。もちろん学校では禁止されているが、噂では良い釣り場らしい。

そのため地区の大人達が定期的に見回りをしているのだが、川合が発見されたのは、その巡回の朝だった。発見したのは近所に住む爺さん。

川合は冷たくなって水面に浮かんでいたが、釣り道具などは一切持っておらず、下校時のカバンが柵の脇に置かれていただけだった。池の土手には滑り落ちたらしい痕《あと》が残されていたが、他に足跡もなく（ただ土手はすぐ際まで雑草に覆われて、足跡は残りにくい）、外傷も見られなかったことから、事故として処理された。川合は泳ぎは苦手ではないが、冬の寒さのため、身動きがとれなかったのではと考えられた。死亡時刻は夕方の五時から夜の十時の間らしい。俺が川合と待ち合わせたのが五時前だから、そのすぐあとに事故に遭ったのかもしれない。

みな、なぜ川合がひとりで盛田神社に行ったのかを不思議がっていた。溜まり場として偶《たま》に機能していただけで、ひとりでは楽しいことも無いからだ。

そして俺は怖くて、誰にも打ち明けられなかった。

もし俺にふられたことが原因で自殺したのなら、川合の家族にどう話せばいいのだろう。恨まれたり、罵倒されたりするのだろうか？　それは不条理だ。それだけではない。最悪なのは、川合とトラブルを起こした自分が疑われるかもしれないことだ。

池は神社の裏手にあり、石段とは正反対に位置している。参道の他に神社から降りる道もない。川合が何かの理由で奥の池に行ったにせよ、自分とは関係ない、そう考えようとした。卑怯者と呼ばれてもしかたないが、当時の俺は、自分を守るのに精一杯だった。

幸いにも俺と川合が待ち合わせていたことは誰も知らなかったらしく——俺は口外しなかったし、川合も同じだったようだ——そもそも関係が薄かった俺は、蚊帳《かや》の外でひとり大きな秘密を抱えこむことになった。

ひと月後、川合の死のショックが徐々に薄らぎ始めた頃、突然、赤目から告白の回答を迫られた。場所は盛田神社ではなく学校の屋上だった。赤目は屋上が好きで、ペントハウスの上でよく寝転んでいるらしい。

信じられなかった。

川合に打ち明けられたことを伝えると、

「ああ、知っていた。高夫からどう告白していいか相談されたからな」

平気な顔で頷く。

「でも俺もお前のことが好きなんだよ。高夫には話せなかったが……。だから一応あいつが告白したあとに、俺も告白することにしたんだ。最低限のマナーだと思ってな」

「赤目君には彼女がいるんでしょ」

「告白する前に別れたよ。二股や保険を掛ける気はないしな。これが俺の精一杯の誠意だ」

普段の剽軽《ひょうきん》な表情こそなかったが、顔色一つ変えず訴えるさまが、むしろ不気味だった。

「俺は親友を裏切っていたかもしれない。でも男が女を好きになることがそんなに悪いことなのか？」

「そんなこと訊かれても解らないよ。それに川合君が死んだばかりなのに、よくそんなことが云えるわね」

「あいつのことは残念だ。産院も同じで、本当に産まれたときからの親友だったからな。すごく哀しい。だからひと月間、喪に服していたんだ。でも、女のことで高夫に負けたくはない。諦めたくはない。親友だからこそ、いいライヴァルだからこそ、あいつには勝ちたい。だから高夫の分までお前を幸せに……」

「何が、だから、なの？　信じられない。そんな調子のいい言葉なんか」

精一杯突っぱねたが、赤目は諦めが悪い性質《たち》らしい。しつこく何度か粘ったあと、最後には、

「お前、神社へ行っただろ。バレンタインに返事をもらうって、高夫が話してたからな」

黙っててやるから、つきあえと暗に匂わせてきたのだ。そこまでいくと、もはや脅迫だ。愛情を共有しようという精神は欠片《かけら》もない。柔和なはずの赤目の眼は、剝《む》き出しになった上、苗字のごとく真っ赤に血走っていた。

「卑怯者！」

「好きな娘のためなら、俺は何だってするさ。それの何処《どこ》が訝《おか》しいんだ？　卑怯なんだ？」

ますます目を見開き訴える。真っ赤な瞳の奥に頑《かたく》なな衝動が秘められているのが解った。殺意にも似た赤……。

その時俺の脳裏に、川合の最後の言葉が甦った。

『赤目の野郎、ふざけやがって』

もしかして、あのあと川合は赤目を呼び出したのではないだろうか？　あるいは俺の返答を知りたがった赤目が、こっそり跡をつけてきていたのでは？　そして二人は口論になって……。

川合の言動を照らし合わせると、失恋を苦にした自殺よりもしっくりくる。だとすると、目の

前にいるのは……。

「絶対。嫌だから」

そう叫び、俺は逃げるように屋上から駆け下りた。川合と違い、赤目は何も云ってこなかった。

その日から一週間、俺は布団の中で震えていた。

もしかして真実を知ってしまったのではないか？　赤目が口封じに来るのではないか。誰かに伝えるべきだろうか？

だが何の確証もない。あるのは俺の心証だけ。客観的には、川合と境内で争ったのは、むしろ俺のほうなのだ。

それにもう拘《かか》わりたくなかった。川合は本気だったのかもしれない。赤目も本気だったのかもしれない。しかし今やどうでも良かった。きっと川合が口にしたせいで、赤目も応じる形になったのだろう。二人の〝親友〟たちの諍《いさか》いに、女ということで、取り合いの対象となり、なすべなく巻きこまれた。女だから振り回されたのだ。女を捨てたい……。

それからの半月、学年末まで登校拒否を続けたあと、俺は髪を切った。

長髪はお気に入りだったが、ばっさりと切った。ショートカットではなくスポーツ刈りにした。スカートを捨てジーンズを穿いた。その頃には親も諦めて何も口出ししなかった。

新学期になり、登校を再開したとき、新しいクラスメイトたちにドン引きされた。登校拒否の挙げ句に断髪し、いきなり男言葉を使い始めたのだ。仕方ないだろう。「不良になった」とも囁《ささや》かれた。田舎町の小学四年生が不良も何もないだろうが、みな信じ込み、びびって近づかなかった。

やがて心配げに話しかけてくるのは幼なじみの小夜子と市部始くらいになっていた。彼らには、当時流行《はや》っていたロシアの女捜査官の映画に憧れたから、と適当な理由をつけておいた。信じてくれたかどうかは解らない。たぶん信じてないだろう。

それでも良かった。

俺に関心を持つ人間なんかいないほうがいい。

クラスが変わった赤目は、俺の変化でさすがに察したのか、二度とアプローチしてこなかった。

目の前には、二月までの色鮮やかな世界は最早なく、モノトーンの音のない世界が広がっているだけ。だが、それでも俺は安心できた。居心地に満足していた。

一年近く封印していた苦い記憶。

それをわざわざ解いたのは、理由があった。

一つは鈴木の能力を確かめるため。今までは身近で起きた事件の犯人を、奴は答えているだけだった。だが、奴が知らないはずの事件なら、どう反応するのか興味があった。奴の能力が、奴の千里眼が、近くでリアルタイムに起こった事件を見抜くだけなのか、それとも何もない状態から過去の真実を探りあてることができるのか。その性質を試すために。

だが、これは云い訳に過ぎないだろう。

奴の力を利用して、真実を探りたかった。

奴との手切れ代わりに一つ願いを叶えさせてもらう。俺は赤目がやったと確信している。だがそれはあくまで確信で証拠は何一つない。俺も自分の立ち位置の不自然さは理解している。昔に戻るつもりはないが、継続するためには、更に強く確信させるものがほしい。

鈴木の言葉は証拠にはほど遠い。奴の言葉で赤目が捕まることもない。ただ俺の確信の補強にはなるだろう。別に世間に公表するつもりなどない。ずっと秘めて生きていくつもりだからだ。

また鈴木が解らなければ、それはそれでいい。奴の能力の限界が判るのだから。俺にとって何のデメリットもない。そんな二重の保険を掛けたつもりだった。

ところがだ。川合を殺したのは赤目ではなく、依那古朝美という見も知らぬ女だという。

*

どういうことだ？

そう呟きそうになるのをなんとか押さえながら、俺はセーターを脱いだ。体操服に着替える。五時間目は体育で、着替えのため教室には女子だけ。女を止めたといっても郷には従う。男と一緒に着替えるのは更に御免だ。

「どういうつもり？　鈴木君を独占して」

着替え終わったとき、鈴木の取り巻きの女たちが三人、声を掛けてきた。三人とも嫉妬の眼差し。特に真ん中の亀山《かめやま》は親の仇のように俺を睨みつけていた。お嬢様気質で取り巻きのリーダー格だ。

「独占？　そんなつもりはないけどな」

屋上に行くよう促したところを見られていたらしい。これが男だったら、彼女たちも緑色の炎を溜めた眼で俺を見つめたりしなかっただろう。

女でなくなろうとしているのに、周りはそう見てくれない。彼女たちは俺が屋上で鈴木を誘惑していたと、本気で思いこんでいるようだ。奴に関わると何もかもがうまくいかない。

俺は溜息をついた。

「桑町さん、最近、神様とべたべたしているし。お願いを叶えて貰うために、媚《こ》びを売ってるんじゃない？」

隣のツインテールの女があげつらうように口を出す。男子の間では上品、おしとやかで通っている女だ。体つきは華奢だが、地の声は違うようだ。

神様は能力を出し惜しみして、みんなの願いを叶えてくれない。「人類は神を誤解しているよ」自分がそう仕向けたくせに、平然と愚痴る。そんなケチ臭さが逆に魅力的に映るらしく、取り巻きたちは神様の気を惹こうと必死だった。同時に抜け駆けに関して協定を結んでいるらしい。休み時間になると、みんな一緒に鈴木を囲む。

「別に頼み事なんかするわけない。俺は信じていないんだから」

嘘だ。俺は奴に頼み事をした。別に媚びを売ったわけでも、頼み込んだわけでもない。なぜだか奴が面白がって犯人の名前だけは答えてくれるのだ。

だが、嘘は嘘。その疚《やま》しさからつい「信じていない」と余計な云い訳をしてしまう。

だが、「信じていない」は彼女たちにとって一番のＮＧワードだった。ヤバイ、と思ったが手遅れで、既に取り巻き達は目をつり上げヒートアップしていた。

「ちょっと、神様を信じていないってどういうことよ！」

亀山が唾液の飛沫を俺の顔に浴びせながら詰め寄ってくる。

「あんた神様をバカにしているの？　自分一人スカして前から気に入らなかったのよ！」

「この無神論者が。あんたアカ？」

「ねぇねぇ、みんなここにクラスの不穏分子がいるわよ」

罵声を浴びせられた上、更なる増援を呼びかねない勢いに、さすがに戸惑っていると、

「淳。ちょっと話があるんだけど。昨日話してたスイーツのことで」

小夜子が大声でそう呼びかけ、俺の腕を摑んだ。そのまま教室を出て昇降口まで引っ張っていく。

小夜子は幼なじみで、クラスのマドンナだ。一分の隙もない美貌は、俺でも見惚《みと》れることがある。川合たちも、どうせなら小夜子に告白すれば良かったのだ。経験値が高く社交性にも優れた小夜子なら、俺のように下手をうつことなく、彼らを巧くあしらえただろう。まあ、高嶺の花には手を出しにくいのかもしれないが。

「ありがとう」

二人きりになったところで、素直に礼を云う。小夜子とスイーツの話などしたことがない。そもそも俺はスイーツなんかに興味がない。だからそれは口実だ。取り巻き達は世間話に忙しくまだ着替え終えていなかった。それに、彼女たちも小夜子には一目置いている節がある。

「ほんと淳は無器用ね」

呆れたように、小夜子は両手を腰に当てると、

「でも鈴木君に深入りしない方がいいわよ」

親身な忠告が耳に届いてくる。

「別に、何もしてないよ」

「嘘ばっかり。あの娘たちはどうでもいいけど、淳が前みたいに潰れてしまいそうで」

俺が変わった理由を小夜子が勘づいているかどうかは知らない。決してそこには触れてこない。

「小夜子は奴を信じてるのか？」

「信じてないからこそよ。詐欺師ほど口が上手いものでしょ」

正論。小夜子は聡明な女だ。そういえば市部も詐欺師がどうのと話していたな。

「この頃、鈴木君に近づいているのは、本当はあの少年探偵団が関係しているんでしょ」

何処まで見透かしているのか？　一瞬ぎょっとする。丸山《まるやま》の話は、市部と比土《ひど》、そして俺の三人だけの秘密だ。無闇に口外していいものではない。

「違うよ。たまたま体育委員のことで用があっただけで」

「それで、何を訊いたの？　最近目立った事件は起こっていないようだけど」

俺の云い訳なんか一切聞かず、姉貴風を吹かして決めつける。厄介なことに、図星なので性質《たち》が悪い。

「本当だ。何も訊いていないよ」

嘘をつく後ろめたさを感じながら、強く首を振ると、

「まあ、いいけど。くれぐれも抱え込んで壊れないでね。それって馬鹿馬鹿しいから。選択肢はいくつもあるのに、一つしか見えないのって」

心配げに何度も繰り返し、小夜子は去っていった。

小夜子はこの世界で唯一の味方かもしれない。特に俺が髪を切ってからは。気持ちは有難かっ

たが、今回はなおさら話せるはずもなかった。

*

依那古という苗字は珍しい。目立つので記憶にも残りやすいし、数も少ないだろう。つまり、この町に数多《あまた》いる佐藤や鈴木と違って、見つけやすいということだ。

俺は家に帰るとすぐ市内のハローページを調べてみた。だが、依那古という家は一軒も載っていなかった。ついでタウンページも当たってみるが同様の結果。昨今、プライヴァシーの点から掲載を拒否する家も多いので、市内にいない可能性は八割程度といったところだろうか。

学校の児童名簿を調べてみたが、同様に依那古という名の児童は見あたらなかった。名前が名前なので、てっきりすぐ絞りこめると思っていたのだが、当てが外れた格好だ。

ここで行き止まり。俺にはこれ以上調べる手段がなかった。ネットを使えば検索できるかもしれないが、親父は俺が触ることを禁止している。パソコンは中学に入ってから、だそうだ。明日、久遠小探偵団のパソコンを使わせてもらうしかない。ただ、リーダーの市部をどう誤魔化《ごまか》すか一苦労だが。

そこで、春先に住宅地図のサンプルが折込広告で入ってきたことを思い出した。近隣の町内だけだが、念のため引っ張り出してみる。北西から南東まで三十分ほど、目を皿のようにして調べた結果、近所に依那古という家は一軒もないと解った。

書店に行けば、市全体の住宅地図が置いてあるのかもしれないが、情報量を考えれば、立ち読みで済ますのは不可能だ。

ともかく、手元の住宅地図は盛田神社の周辺も含んでいたので、依那古朝美が神社近くの住人でもないのがはっきりした。もちろん、この間に転出していなければではあるが。

「依那古って苗字の人を知ってるか?」

夜、父親にさりげなく尋ねてみた。

父親は聞いたことないな、と首を捻っただけだった。それがどうしたんだ? と詮索してくるので、なんでもない、と答えた。

鈴木が出鱈目《でたらめ》を口にしているとは思えない。奴を信頼しているからではない。嘘なら嘘で、もっと巧みな嘘を吐くはずだからだ。


「依那古ってのがどうかしたのか?」

翌日の放課後、児童会室にある探偵団の本部でパソコンを弄《いじ》っていると、後ろから覗き見られた。市部だ。こいつは頭の回転が速く察しがいい。その上お節介だ。

「いや……」

俺は笑みを顔に貼りつかせながら、準備していた云い訳を口にする。

「小夜子に訊かれたんだ。依那古という名の和菓子を知らないかって」

だが市部は疑いの眼差しを解かない。もし鈴木に聞いた名前だと知れば、小夜子以上の拒絶反応が返ってくるだろう。過去の例を通じて、市部は鈴木をかなり警戒している。それだけは避けたい。

「でも、小夜子の勘違いだったようだな。市部は知ってるか?」

俺はさりげなく、だが内心冷や汗をかきながら、パソコンの電源を落とした。既に検索は終えていた。依那古朝美でも、市名と依那古を組み合わせても、何もヒットしなかった。これ以上は調べようがない。

「いや」と市部は首を振る。「そもそも和菓子の名前なんて知らないしな」

「まあそうだろうな」

俺は笑顔を保ったまま児童会室をあとにした。いや、もしかすると作り笑顔ではなく、本当の笑顔だったかもしれない。

とりあえず出来ることはやったからだ。依那古朝美は謎のままだが、俺たちと無縁な世界の人間ならば仕方がない。真実が常に自分たちの都合のいい側にあるわけじゃない。ずっと疑い続けていた赤目には悪いが、心のつっかえがひとつとれた気持ちだった。少なくとも、俺が原因で川合が命を落としたわけではないはずだ。

市部は、腰に両手を当てながら、そんな俺を怪訝《けげん》そうに見送っている。

だが青天の霹靂《へきれき》は一週間後に起こった。

2

「依那古雄一《ゆういち》です。よろしくお願いします」

クラスに転校してきた男は、晴れやかな笑顔でそう名乗った。熊本から転校してきた、と自己紹介する。

色白で小柄、男にしては整った中性的な顔立ちをしている。女装させたら男と気づかれないかもしれない。一見、頼りない印象。だが、彼の容姿はどうでもいい。神様とか喚き出さない限り、転校生が誰だろうと興味はない。重要なのは、彼が黒板にチョークではっきりと〝依那古〟と書いたことだ。

依那古……どうしていきなりこの名前が？

俺は鈴木を見たが、奴は無視するように、涼しい顔で転校生に視線を投げかけている。対照的に市部が厳しい目つきで俺を睨《にら》んでいる。俺は気づかないふりをしながら、内心頭を抱えていた。

いきなり現れた依那古の意味。虚《うつ》ろな視線の端で転校生を捉えながら必死で考えていた。もちろん答えは出ない。

幸か不幸か、俺の隣の席が空いていたので、依那古が隣に座ることになった。教科書が揃っていないので、机をくっつけて俺が見せることになる。

「なあ、この町に来たのは初めてなのか？」

小声で俺は尋ねかけた。休み時間が来れば、物珍しさにクラスの連中が囲んでしまうだろう。鈴木の時もそうだった。訊きだすなら今しかない。

「うん」

と、女児のようなコロコロした声で転校生が頷く。

「珍しいな。熊本からこんな田舎町に？」

「ああ、母さんの旧《ふる》い知り合いがここに住んでいてね。その縁で転校することになったんだ」

「母さんの名前は？」

声が強ばる。

「朝美だけど、それがどうしたの？」

訝《いぶか》しげに首を傾げる依那古。俺は慌てて、

「いや、依那古って名前って珍しいだろ。なんか聞き覚えがあってね」

依那古朝美……決して偶然の一致ではないだろう。俺は動揺を抑えながら、転校生に釈明した。

自分の名前が興味を惹くことに慣れているのか、彼は納得した様子で、

「そうなんだ。でも、母さんもここに来たのは初めてだと云ってたけど」

「……じゃあ、別の依那古さんかな。それまではずっと熊本にいたんだ？」

「熊本生まれの熊本育ちだよ。九州男児には見えないよね。まあ、お父さんも華奢《きゃしゃ》だし、遺伝かな」

肩を竦め、依那古は力無く笑った。

「へえ、お父さん似なんだ。かわいらしい顔つきだからお母さん似かと思ったんだけど」

「九州男児にかわいらしいは褒め言葉じゃないよ。でも、顔はどちらかといえばお母さんに似てるかな。目許とかそっくりだとよく云われるんだ」

〝お父さん〟と云う時と〝お母さん〟と云う時では、表情が違っている。

「お父さんより、お母さんの方が好きなんだ」

自分と逆だなと思い何の気なしに尋ねると、

「今はお母さんと二人暮らしなんだ」

と返ってきた。家庭の事情があるようだ。

俺は「悪かったな」と素直に謝る。

「構わないよ。僕にはあまりいいお父さんじゃなかったし。……でも色々話しかけてくれてありがとう。転校って初めてだから、かなり緊張してたけど助かったよ」

顔を綻《ほころ》ばせ、机の下で握手を求めてくる。俺もこっそり右手を出した。握手をしている手から、罪悪感が身体中に染み込み広がっていく。気がつくとじっとりと汗をかいていた。


「なあ、桑町。どういうことだ？　鈴木が絡んでいるんだろ」

授業が終わるなり、案の定、市部に腕を摑まれた。痣《あざ》が出来そうなくらい強い力だ。当然鼻息も荒い。そのまま人気《ひとけ》のない踊り場に引っ張られる。

「……………」

射るような市部の視線に耐えきれず、思わず俺は俯《うつむ》いた。

「やっぱりそうか。で、奴に何を訊いたんだ。そうでもなければ、依那古なんて名前が……」

最近は目立った事件が起こっていない。まさか一年近く前の事件とは思わず、見当をつけかねているのだろう。

「もう少しはっきりしたら話すから」

「……いいのか。それで痛い目を見るのは、お前自身なんだぞ」

小夜子と同じ表情で市部が詰め寄る。俺のことを心配してくれているのは解っている。だが……。

「ああ。でもこれだけはまだ無理なんだ」

俺はきっぱりと拒絶した。出来る限り市部の目を見て。

事故死のはずの川合が実は殺されていた。それも今日転校してきた依那古の母親に。そんなこと迂闊《うかつ》に口外できるはずもない。たとえ神様の戯言《ざれごと》だったとしてもだ。

またその時は、俺が赤目を疑い続けていたことも含め、今までの経緯も全て話さなければならなくなるだろう。今の自分になった経緯も……。そんなことはまだ無理だ。思い出すだけで胸が痛くなる。

「でもさ、お前ひとりで何が出来るんだ？」

「できるさ！」

俺は涙目で市部を睨んだ。一番云われたくない言葉だ。今まで結局、俺は何も出来なかった。伝書鳩のように鈴木の言葉を探偵団に運んだだけだ。もちろん今回も何も出来ないかもしれない。でも諦めたくなかった。

態度の硬化を見て、市部は云い過ぎを悟ったようで、

「絶対に、あとで話してくれるんだろうな」

「ああ、約束する」

ここまで来た以上、いずれ打ち明けなければならないだろう。解ってはいる。

市部は充分に信用していない顔つきだったが、とりあえず引き下がることにしたようだ。ずっと握っていた俺の腕を放す。

「ところで新堂には相談しているのか」

「……いや」率直に答えると、市部は「そうか」とむっつり頷いただけだった。

*

「あの奥が僕が今住んでる家だよ」

町外れの坂の手前で、眼下に広がる家並みの中からひときわ大きい旧家を、依那古が指さした。長い土塀に囲まれて、立派な茅葺《かやぶ》きの屋根が見えている。

訊くと母子で友人宅の離れを間借りしているらしい。友人というのは母親の大学時代のサークル仲間。朝美の出身は岡山で、東京の大学で父親と知り合い、卒業後そのまま結婚して九州に嫁いだという。

岡山の実家に戻らないのかと尋ねると、駆け落ち同然で結婚したので帰りにくいらしい。現在、離婚の調停中で、白黒はっきりするまでここにいるとのこと。

「だから状況によっては、卒業する前にまた転校しちゃうかもしれないんだ。せっかく友達になれたのにね」

淋しげな笑顔を浮かべ依那古は云う。対して俺は、返す笑顔を上手く浮かべられなかった。

とにかく母子とも、この町に来るのは初めてだという。これは以前にも聞いたとおりだ。だが、困ったときに離れを貸してくれる友人なら、何度か遊びに来ていてもおかしくはない。殺人という忌まわしい記憶があるのなら、抹消したくもなるはずだ。

「そういえば、来月にはもうマラソン大会なんだって。こんな時期に珍しいね。僕の町ではどの小学校も、二月の中頃にしてたけど」

「隣の霞ヶ丘《かすみがおか》小とかは二月だな。昔は二月にやってたみたいだけど、何年か大雪で中止になったことが続いて十二月に変わったんだ」

「そうなんだ。ちょっと走り込んどこうかな」

依那古の声が妙に弾んでいる。不思議に思っていると、

「貧弱だけど、こう見えてマラソンだけは得意なんだ」

「見かけに寄らないな」

俺は素直に感心した。運動は得意な方ではない。マラソンも、ちんたら歩くことはないが、決して自慢できないスピードで、いつもゴールまで走っている。

「唯一得意なスポーツかもしれない。一年の時からずっと、学年で十番以内に入賞しているんだよ。十位以内だと賞状がもらえたんだ。それが自慢かな。この学校は賞状とかあるの」

「賞状はないと思うな。ただ全員に順位が書かれた綺麗なカードが渡されるよ」

校章入りの数字が月桂樹に囲まれた綺麗なデザインで、保存用にラミネートされている。が、後半の順位なのでいつもどこかに置いたまま失《な》くしている。

「カードか。まあ、それでもいいや。ちゃんと残るものなら」

賞状コレクターのやる気は賞状の有無では変わらないようだ。まあ俺も一桁順位なら、あのカードを大事にしていたかもしれない。

「それじゃあ、僕はここで」

坂を下りたところで、依那古と別れる。少しだけ遠回りだったが、依那古の家が判ったのは収穫だろう。そのあと俺はしばらく街道を歩いていたが、頃合いを見計らい、踵《きびす》を返した。そして

依那古の家の付近まで忍び寄る。だが、高い土塀のせいで中の様子は全く判らない。母屋の茅葺き屋根の先が覗いているだけだ。敷地が広いため、物音もほとんど届いてこない。

無駄な足掻《あが》きと知りつつ土塀に耳をあてがおうとして、いきなり気が滅入った。まるでストーカーだ。表面上は友人のふりをしながら陰でこそこそ探るなんて、自分が最も嫌いな人種だ。いくら真実のためとはいえ、そんな人種に成り下がったのが情けない。

呵責に耐えかね引き返そうとしたとき、背後に気配を感じた。依那古に見つかった？

一瞬焦ったが、気配の主は依那古ではなかった。もっと意外な人物だ。赤目だった。

「どうして……赤目が？」

思わず甲高くなりそうな声を抑えながら、俺は尋ねた。赤目とは一年以上まともに話していない。最初は俺が、その後は赤目が距離をとっている感じだ。

「お前と同じ理由だよ」

したり顔で赤目が答える。そしてにやりと笑うと、

「お前のせいといってもいいかな」

そんな言葉が返ってきた。

「どういう意味だ？」

「ペントハウスの上で横になる俺の趣味を忘れてたようだな」

赤目の言葉に、はっと思い当たる。

「まさか……鈴木とのやりとりを聞いてたのか！」

すると赤目は「ああ」と頷きながら、「大声を出すなよ。ここじゃまずいからこの先の児童公

園まで行こうぜ」

そう云うなり俺の腕を引っ張ろうとする。俺は邪険に振り払ったあと、「ゆっくり話し合った方がいいようだな」と同意した。

幸い公園は無人で、ブランコの辺りなら少々大声でも安心して話せる状況だった。

「神様の噂は俺のクラスにまで広がってるしな。でも、高夫が殺されたとお前が考えてたなんて、全然気づかなかった。というか、高夫は殺されたのか？」

「いや、根拠はない……何となくそう思っただけだ。根拠があったのなら先生や警察に話してるさ」

さすがに赤目を疑い続けていたとは口に出来ない。

「何となくか……まあいいか」

赤目は何か云いたそうだったが、呑み込むように一、二度頷くと、

「前も話したと思うけど、俺と高夫は同じ日に同じ病院で生まれた、いわば戦友だったんだよ。もし殺されてたのなら、俺は高夫の仇《かたき》をとらなければならない。それが残された俺の使命だと思ってる」

俺に告白したときよりも数段真剣な眼差しで、赤目は言葉を紡ぐ。

「依那古朝美って、熊本から来たという転校生の母親だろ？」

「ああ。でも、鈴木の言葉が正しいとは限らないぜ」

一番拙《まず》い奴に盗み聴かれた。俺は激しく後悔した。なぜ、屋上でもっと確認しなかったのか。

迂闊さを呪う。しかし……きっと鈴木は気づいていたのだろう。いることを知りながら、それが

川合の親友だった赤目だと知りながら、ペラペラ犯人の名前を告げたに違いない。相変わらず悪趣味なやつだ。だが、鈴木のことは今はいい。今必要なのは、赤目への対処だ。

「今さら、何を。神様じゃなければ、どうして一週間後に転校してくる依那古のことを知ってるんだよ」

「転校といっても、直前に決まるわけじゃないからな。事前に先生に挨拶《あいさつ》しているところを小耳に挟んだのかもしれない」

何とか宥《なだ》めようとするが、自分でも説得力がないのを実感する。興奮しているのか、赤目は錆の目立つブランコをキーキー鳴らしながら、

「訝《おか》しいだろ。すると神様は、お前にわざわざ嘘の情報を教えたのか。どうしてそんな真似をするんだ」

「判らない。底意地が悪い奴だからな」

「……俺を関わらせたくないのか」

図星を突かれ俺は口ごもった。視線を逸らそうとするが、赤目の顔が先々に追いかけてくる。

「手を組まないか」

突然赤目が云いだした。

「俺が暴走するとでも思ってるんだろ。安心しろ。しないよ、そんなこと。神様の言葉が、大人たちの世界ではなんの証拠にもならないのは、俺も承知している。もちろん他人に云い触らしたりもしない」

それなりの分別はあるようで、安堵した。すると今度は、ずっと疑っていたという負い目が顔

を覗かせる。

「手を組まないか」

赤目は再び口にすると、手を差し出してきた。

俺は引き受けるしかなかった。

赤目の掌《てのひら》はねっとりしていた。

＊

赤目の行動力は俺を遥かに上回っていた。俺の予想をと云うべきか。要領のよさ、という点では市部以上かもしれない。クラスが違うのにいつの間にか依那古と親しくなり、週末には依那古の家にお邪魔する段取りになっていたのだ。

赤目とクラスの男友達二人、そして俺。

赤目は交遊範囲が広いので違和感がなかったが、クラスメイトたちはなぜ俺がこの場にいるのか疑問を抱いていただろう。越してきて日が浅い依那古は、そんな機微を知るはずもなく、俺たちが昔から仲良しだったと勘違いしているようだ。

民家の離れは、母屋から庭を越え竹垣に仕切られた先にあり、独立して生活できる設備が一通り整っていた。2Kと決して広くないが、母子二人の仮寓なら充分だ。また母屋まで出ずとも、脇から通用門を通って外へ出られるようになっていて、俺たちも土塀の通用門から離れに直接招かれた。

「まだ引っ越しの後始末が終わってなくてごめんなさいね」

壁に積み上げられた段ボールを恥ずかしげに見ながら、依那古朝美は笑った。笑うと頰にチャーミングな笑窪《えくぼ》ができる。年は三十二と若い部類に入る。大学卒業後に直ぐ結婚して依那古が産まれたらしい。正確には依那古の方が順番が早く、出来ちゃった結婚らしいが。

今は旧友の口利きで土木会社の事務員をしているらしい。美しく柔らかい髪が肩まで伸びている。上品で薄化粧が似合う、優しそうな母親だ。依那古の父親は、こんな美人と別れようとしているのか。贅沢《ぜいたく》な男だと、自分たちを捨てた母親と重ね合わせながら、俺は羨《うらや》ましく思った。

「ごめんなさいね、出来合いのもので」

全員の前にショートケーキを並べられる。市役所前の有名な店のケーキだ。

「本当なら、熊本のお菓子でも出して、もてなしたいところなんだけど」

「お母さんはお菓子作りが得意なんだ。前の家でも友達に大好評だったんだよ」

和やかな雰囲気に、俺は彼女が川合を殺した犯人ということをすっかり忘れていた。現実に引き戻したのは、赤目の一言だった。

「そういえば、昔、お母さんを見かけた気がするんです。前にこの町へ来たことありませんか？」

ケーキを食べ終えた赤目がさりげなく尋ねる。

「私？」意外そうに聞き返す朝美。

「たしか二月頃だったたと思うんですが」

「誰かの見間違いじゃないかな。私がここに来るのは初めてだから」

朝美は怪訝そうに首を傾げた。

「そうですか。すごく綺麗な方なので見間違いとは思えないんですけど。たしかバレンタインの頃だったかな」

赤目がフォローするよう、ちらちらと俺を見る。しかし俺は赤目と違って、嘘が上手くない。「俺も見た」とか云い出すと、あっさり襤褸《ぼろ》を出しかねない。

「バレンタイン？　それじゃあ、絶対に違うよ」

停滞した空気の中、依那古が口を挟む。母親に向かって、

「ほら……ちょうど入院してたときだよ」

「あっ、そうか」と母親が相槌《あいづち》を打つ。「毎日、見舞いに来てた頃よね。あの時は大変だったわよね。手術して治ったと思ったのに、もう一度お腹を開くことになって」

母子二人で仲睦まじく懐かしみあっている。やがて依那古は赤目の方を向くと、

「バレンタインの前の週に、盲腸の手術を受けたんだ。急性でね。で、術後の経過が悪くて、半月ほど入院しなければならなくなったんだよ。それで、毎日欠かさず見舞いに……」

「面会時間が限られてるから、いろいろ困ったわよね」

「まあ、そんなの関係なく、父さんは一度しか来なかったけど……」

ぼそっと微かな声で依那古が呟く。すぐ隣に座っていた俺は、聞こえないふりをした。入院中に親が来ないなんて、考えられない。その頃にはもう、愛情が冷めていたのだろう。

「そんなこと云うもんじゃありません」

朝美には聞こえていたらしく、ぴしゃりと叱る。

「ごめんなさい。……だから、お母さんはここに来れるはずはないんだよ。赤目君が見たのは、

きっとよく似た別人だったんじゃないか？　昔から、世界に三人は自分とそっくりな人がいるって云うから」

「でも、もしこの町に私のそっくりさんがいるとしたら、凄い偶然よね。何せ、世界に三人しかいないんでしょう」

真に受けた母親が、のんびりした口調で驚いている。それはともかく、新たな証言に、さすがに赤目も話題を打ち切らざるをえなかった。

その後、しばらくはたわいもない会話が和やかに続いたが、再び赤目がチャレンジする。

「そういえば、盛田神社をご存じですか？」

「盛田神社？」

朝美は初めて聞くように首を捻る。表情は素朴で、仮面を被っているようには見えない。

「橋の向こうの、山裾にある神社だよな」クラスメイトの一人が何の気なしに反応する。「夜になると丑の刻参りがあったりするんだろ」

「またお前はそんな噂話を、さも見てきたかのように」

もう一人の友人が釘を刺したが、逆にムキになり、

「だって。木に五寸釘の穴が空いていたのを見たことがあるぜ。隣の兄ちゃんは根本に落ちていた釘を拾ってきたって」

「釘だけ？　藁人形《わらにんぎょう》は？」

興味を持ったらしく依那古が食い気味に尋ねる。

「藁人形は見なかったけど……」

「でも、そんな釘持って帰って大丈夫なのか？」

「どうなんだろう。その兄ちゃん、去年、高校受験に失敗して浪人中だけど、そのせいなんかな」

「ぜったい呪いだよ。御祓《おはら》いした方がいいって」

二人が同時に突っ込む。

朝美は後ろで、そんな会話を黙って聞いているだけだ。〝盛田神社〟という名前にも特別の反応を示さない。赤目のチャレンジは再び失敗したようだ。


帰り道、友人たちと別れ、二人きりになったところで、赤目が声を潜め話しかけてくる。

「調べてみたんだが、依那古の父親は若い愛人の家に転がり込んでいるようだ。父親が離婚届を送りつけてきたらしいんだが、母親の方に未練があるらしく、頑なに判を押さないらしい」

「よく調べたな」

唖然《あぜん》としていると、赤目はニッと親指を立て、

「ゴシップ好きのおばちゃん連中の話相手は、昔から得意なんだよ」

得意気な笑みを浮かべる。

「でもそれなら、どうして熊本からこんなところに引っ越してきたんだ？　離婚する気がないんだろ」

「なんでも父親の方が虫のいいことに、親権と監護権を欲しがってるらしくてさ。もちろん母親は拒絶してるんだが、向こうの親戚連中が隙を見て雄一を拉致しかねない勢いらしい。地元では、

母親だけよそ者だからね、味方が誰もいなかったようだ」

「それで大学時代の伝《つて》を頼ってここにか。大変そうだな。しかしそれだと、本当にここへ来るのは初めてなんじゃないのか」

「学友のご近所さんの話では、そうらしいんだが」

赤目はさすがに困った表情を浮かべた。

「じゃあ、本当に無関係なのかも。さっきも依那古の見舞いに毎日病院に来てたって云ってたし。熊本から日帰りで来られる距離じゃないだろ」

「でもな。何かの拍子に一日だけ見舞いを休んでいたかもしれないだろ。半月のうち、一日欠けただけなら、後に毎日来たと思いこんでもおかしくないんじゃないか」

「そうかぁ。逆に覚えてるんじゃないか？」

本当に鈴木に担がれているのかも。あの母子の睦まじい姿を見ていると、そんな気さえしてくる。もう、潮時かもしれない。

「あのさ、赤目……」

「なあ、桑町。お前はあの神様を信じているのか」

赤目も朝美犯人説が揺らいでいるようだ。

「俺は信じていない。それは最初に云ったはずだけど」

「そうだったな。悪い、悪い。……あと、一つ訊きたいんだけど」

「なんだ？」

「ずっと考えてたんだけど、お前は神様からどんな答えを期待してたんだ。依那古の母親というのは極端だけど、見も知らない人間の場合もあるだろ」

「……」

「あれからずっと考えていたんだが、もしかしてそれは俺の名前なのか？」

俺は答えなかった。だがつい顔に出てしまう。

「やっぱり、そうか」

赤目は少し哀しそうだった。

「じゃあ、俺も正直に告白するよ。実はな……俺はお前じゃないかと思ったことがあった」

「俺が！」びっくりして赤目を睨む。人を詰《なじ》れた義理でないことは承知している。

「桑町がトラブルで池に突き飛ばしたんじゃないかって、疑ってた」その後少し照れ臭そうに俯くと、「だからお前を守りたかったんだよ。事故のあとひと月ほどずっと落ち込んでいただろ。たとえお前が殺してしまったとしても、俺なら守れるんじゃないかってな。でもそのあと髪を切ったりして、拒絶の意を示されたから……そのまま尼寺にでも入るんじゃないかと心配になったよ」

たしかに疑われても仕方がない。赤目は事件の日に俺が川合と神社で会っているのを知っていたのだから。

「桑町、改めて申し込む。俺とつき合わないか」

「な、なんでこんな時に」俺は心底びっくりした。「今までの話の流れと全然違うじゃないか」

「そうか？　俺はストレートに自分の気持ちを述べてるだけなんだが。それにあれからずっと、彼女も作っていないし。高夫の思いを共有している二人がくっつくことに何の問題があるんだ」

そう云って赤目は、俺の両手をひと束ねにして握りしめてきた。真剣さの違いなのか、この前と異なり、簡単にふりほどけない。

「待ってくれ。それは俺が川合を好きだったときのパターンじゃないのか？」

「細かいことは気にするな。高夫も天国から見守ってくれてるよ。早く犯人を見つけて、二人結ばれよう」

暴走している。この前のように。いつの間にスイッチが入ったのか。そのまま手を手繰り寄せようとする赤目に、俺は必死に抗《あらが》おうとした。

「おい、赤目。何してるんだ！」

大声の主は、自転車に乗った市部だった。

「桑町が厭《いや》がっているじゃないか」

そのまま自転車で体当たりする。勢いで、赤目は一メートル先の草叢《くさむら》に吹っ飛んでいった。

「大丈夫か」片足をついた市部は、ぐしゃぐしゃな俺に手を差し伸べる。

「ちっ、白馬の王子か……」立ち上がり、悔しそうにジーンズの土をはらう赤目。「不細工な王子だな。まあ、いい。でも桑町、考えておいてくれ、俺はずっと本気なんだ」

捨て台詞を残し、よろよろと背を向け道をあとにする。

「助かったよ、市部」俺が礼を云うと、

「赤目と仲が良いんだな」市部の目は冷たかった。

「そんなことはない」

「ふうん」市部は腕組みしながら俺を見下ろしたまま。「赤目が絡んでいるっていうことは、もしかして、川合の事故と関係があるのか」

さすがにここまでデータが揃えば解かれてしまう。俺の沈黙を肯定ととったのだろう。

「あれは事故でなく殺人だったのか」

さすがの市部も予想外だったようだ。動揺が見開かれた瞳に表れている。

「でもどうして桑町はそれを知っていたんだ。事故死を疑っていなければ、鈴木に訊くこともなかったはずだ」

ここまで来ては仕方がない。助けてくれた恩もある。俺は全てを打ち明けた。

「つまり依那古の母親が犯人で、今の桑町は赤目と手を組んでいるのか」

聞き終えたあとしばらく、情報を整理するかのように、市部は眼を閉じていた。

「しかし俄《にわか》には信じがたいな。いくらあいつには前例があるとはいえ」

俺の古傷には触れない優しさがありがたい。

「で、このまま赤目と一緒に探るつもりなのか」

「いや」と俺は首を振った。「先ほどのことは関係なく、依那古の家に行ったときに思ったんだ。俺にはあのお母さんが殺したとも、嘘を吐いているとも思えない。俺が甘いだけかもしれないけど。それに友人面して依那古を裏切り続けるのも限界なんだ。……さっき赤目にそう伝えたかったんだけどな」

すると市部は深く頷いたあと、父親のような包容力がある声で、

「それがいいと思う。お前には探偵は無理だ。それにもう気づいているだろうけど、あの神様は

かなり性悪だからな」

3

それから数日後のことだった。

マラソン大会を間近に控えた水曜日の夜の七時過ぎ。赤目から電話がかかってきた。あの日以来、赤目とは会っていない。事情を話し、捜査から降りると一方的に通達しただけだ。

「今夜、盛田神社に来ないか。ようやく真実が手にはいるかもしれないんだ」

興奮気味に〝真実〟を繰り返す声と、これが最後だからという懇願にほだされ、俺は泣きの一回をつき合うことにした。もともと俺が赤目を巻きこんだのだ。一度くらいは義理を果たさなければならない。

約束したのは深夜の十二時三十分。非常識な時間だった。

最後という言葉を信じ、父親の寝息を窺いながら俺は家を抜け出す。とんだ不良だ。

参道の前まで行くと、ＬＥＤライトを手にした赤目が石段に腰掛けていた。胸からはデジカメがぶら下がっている。

「どうしたんだ、こんな夜中に。でもお前を信じていいんだな」

二メートルほど距離をおき、警戒しながら尋ねると、

「心配するな。俺は紳士だ。この前のような野蛮な真似は絶対にしない。高夫殺しの謎を解いて、自力で俺に惚れさせてやるよ」自信満々でそう云い放ったあと、「とにかく境内に上がろう」

胸を張り、石段をすたすたと登っていく。俺は懐中電灯を忘れていたが、月が明るいので必要なかった。

境内に着くと、祠の脇の大木に足を向け、裏側に回り込んだあと腰を降ろす。

「ここが腰を据えるのにちょうどいい場所なんだ」

仕方なく俺も隣に腰を降ろす。参道と違い森の中は枝葉で月が遮《さえぎ》られ暗かった。冷たい風が葉を鳴らし、不気味さを煽《あお》っている。

「そろそろ教えてくれ。どうしてここに？」

「昨晩ようやく尻尾《しっぽ》を掴んだんだよ。依那古朝美のな。そして今日その証拠を得る」

「一体何が？」

赤目は人差し指で俺の口を塞ぐように、

「すぐに解る。百聞は一見に如《し》かずだ。その代わり……いいか、何を見ても絶対に声を上げるなよ」

今までにない真剣さに俺は素直に従った。

二十分ほど経っただろうか。下の方で自転車が止まる音がし、次いで石段を登る足音が聞こえてきた。

参道を上り終えたとき一旦足音が止まる。鳥居の下にいたのは、月夜に照らされた朝美だった。死人のような白装束を纏《まと》っている。手には金槌と藁人形……。何をしに訪れたのか、俺にも直ぐに理解できた。

丑の刻参りだ。

蒼ざめ鬼気迫った表情が全てを物語っている。先週見た、優しく気品がある顔は欠片も残っていなかった。

朝美は周囲を窺い、誰もいないのを確認したあと祠の奥へと歩いていった。

やがて森の奥からカーンと甲高い金属音が断続的に聞こえてきた。音だけで解る。釘を打っているのだ。

「どういうことだ！」

赤目の顔を見ると、

「多分、事件の日も来てたんだ。そこに高夫が出くわした。丑の刻参りって、呪いの最中に姿を見られたら、見た人を殺さなければ自分に呪いが返ってくるって云うだろ」

小声で赤目が答える。

「でも、依那古がその頃は毎日見舞いに来てたって」

「依那古が嘘を吐いてるか、勘違いしてるんだ。だって依那古は二月の中旬にあるマラソン大会に、毎年入賞していたんだろ。バレンタイン前の週に手術して予後不良で二週間入院していたら、そんなの絶対に無理だ。ホワイトデーあたりと間違えてるのかもしれない」

確かに云われてみれば矛盾する。

その間もずっと、金槌の音は森に谺響《こだま》していた。音を聴くたび心細くなってくる。

「ここでじっとしているんだ」突然、赤目が静かに腰を上げた。

「どこに行くんだ？」

「決まってる。仇を討つんだよ。ここで見てろ。お前を惚れさせてやる。いいな、合図するまでお前はここにいろ」

カメラを手に取り、忍び足で祠の裏に回る。そのまま森の中に消えていく。ほどなくカメラのフラッシュが森から洩れてきた。

フラッシュの光で、俺の位置からも朝美が見えた。同時に頭の上ほどに打ちつけられた藁人形も。

振り返った朝美を再びフラッシュ。

「逃げろ！」

合図とともに俺は石段めがけて走ろうとした。赤目も同じだ。だが、祠の脇に大木の根が盛り上がっていた。高さ十センチほどのアーチ。そのトラップに赤目が足を取られたのだ。

石段近くで俺が振り返ったとき、慌てて身を起こそうとする赤目と、覆い被さらん勢いの朝美の姿が目に飛び込んできた。右手は金槌を振りかぶっている。朝美の目は、確かに殺意に満ちた、狂気に満ちた、殺人者の目だった。

「危ない！　よけろ、赤目！」

だが、赤目は間に合わなかった。

朝美の右手が振り下ろされると同時に、くぐもった赤目の声が鼓膜にこびりついた。

「赤目！」

噴き出す血に一瞬狼狽《うろた》えた朝美だったが、直ぐに渾身の力で再び金槌を振り下ろす。

三度ばかり続いたのち、赤目は何の反応もしなくなっていた。やがて朝美の目が俺に向けられる。

逃げなければ……人を呼ばなければ……

だが腰が抜けて歩けない。鳥居に手を掛けて立っているのが精一杯。

「あなたも見たのね」

生きた人間とは思えない感情のない声でにじり寄ってくる。月明かりに照らされた朝美の顔は、死相に覆われていた。

「人殺しっ！」

思いっきり叫んでいるはずだが、喉が乾ききって声にならない。悲鳴をあげようにも、肝心なときに声帯がストライキを起こす。もちろん足はずっと云うことをきかない。

四メートル、三メートル、二メートル。動けないことを良いことに朝美がゆっくりと近づいてくる。

一メートル。血腥《ちなまぐさ》い臭いとともに、朝美の呼吸、心音がはっきり俺の耳に届いた。

死を覚悟し、思わず眼を閉じようとしたその時だった。

背後から金属バットを手にした男が朝美との間に割り込み、バットを思いっきり振り切った。バットは朝美の右手に命中し、骨が砕ける音とともに金槌が遠くに吹っ飛んでいく。

「さあ、今の内に逃げるんだ」

聞き覚えのある声とともに振り返ったのは市部だった。

「市部……」無意識に俺は市部に抱き寄っていった。

＊

「昨夜、赤目が息を引き取ったよ……依那古朝美も全てを自白したようだ。そして依那古は、今日、熊本の父親のもとに引き取られた」

見舞いに来た市部が教えてくれたのは、三日後のことだった。

市部は、俺が夜道を歩いているところを部屋から見かけ、金属バットと親の携帯を手に、慌てて俺の後をつけたという。市部の家の前を警戒もせず通ったのは迂闊だったが、結果的にそれが俺の命を救ったようだ。

あの後、俺は市部に引っぱられ近所の民家に逃げ込んだ。その最中に市部は警察と救急に通報し、俺は気を失った。次に気がついたときは自分の部屋だった。父親が心配げに俺の顔を覗き込んでいた。徹夜だったのか眼の下が隈《くま》で覆われている。父は大丈夫かと尋ねるだけで一言も叱らなかった。

それから三日。俺はずっと部屋で寝込んでいた。翌朝に刑事が事情を訊きに来たので、出来る限りは話した。鈴木の件はどう伝えていいか解らなかったので省略し、赤目には悪いが、赤目が朝美を疑っていたということにした。刑事がすべてを信じたかは、知らない。

あんなに母親が好きだった依那古は大丈夫なのだろうか。しかも父親のもとに。それだけが心配だった。

「盛田神社の素性を知り、丑の刻参りを始めたらしい。夫の愛人を呪い殺すためにね。彼女はまだ夫を愛していたようだ。愛人が死ねば戻ってくると思ったんだろう」

パジャマのままベッドに臥せっている俺に向かって、市部が淡々と説明する。

「じゃあ、二月にも同じように丑の刻参りを？」

意外にも市部は首を横に振る。

「彼女はこれが初めてらしい。桑町たちが家に来たときに盛田神社の話を聞き、触発されたようだからな」

「どういうことだ。朝美は川合を殺していないのか？」

「……これが鈴木の答えなんだろう」

悟りを開いた禅僧のように、市部が模糊《もこ》とした言葉を述べる。当然俺に解るはずもない。

「朝美は二月には来ていない。これは確かだ。なぜならその頃彼女は盲腸で入院していたからだ。赤目が疑っていたというお前の証言と、殺した状況が状況だけに、川合の時のアリバイもきちんと調べたようだ」

「えっ、入院していたのは依那古じゃないのか」

「お前たちは勘違いしていたみたいだが、入院していたのは朝美で、依那古が毎日見舞いに来ていたんだ。だから依那古がマラソン大会に参加していても、なにも不思議ではない。また、お前が別れたのが夕方で、丑の刻参りは深夜の一時からだ。二人が接触するには七時間以上のタイムラグがあるんだよ。それに川合の身体には今回のような打撲傷はなかった。あったら事故死と見られないはずだし。だから丑の刻参りは関係ないんだ」

「つまり俺たちが盛田神社の話をしなければ、朝美は丑の刻参りに興味を持つこともなく、赤目も殺されなかったと」

「残酷だが、そういうことになるな」

確かに残酷だ。どこでボタンを掛け違ったのか……俺は掛け布団を握りしめた。

「じゃあ、鈴木の託宣は全くの出鱈目だったのか?」

「そうであって欲しいな」再び禅僧のような答弁に戻る市部。「……だが、もはや目を背けて知らないふりをするには、俺たちは関わりすぎたし、血も流れすぎた」

彼は意を決した表情で俺を見つめると、

「俺も最初は解らなかった。お前から話を聞いて、丑の刻が関係しているかもと思ったが、入院のこともあり結局、思考はそこで止まっていた。ありそうにないが同姓同名の依那古朝美か、本当に鈴木の誤謬《ごびゅう》かと思ったくらいだ……。でも、赤目が殺されたことで、何となく解った。鈴木の真意が」

「真意?」

「ああ、悪意といってもいい。ここからはあくまで鈴木の土俵に乗った上でのゲームと割り切って欲しいんだが、鈴木の言葉が正しければ、三日前に神社で殺されたのは赤目正紀ではなく川合高夫だ」

「どういうことだ?」

口にしてから後悔した。この先の領域へ踏み込むのはまずい。第六感がそう教える。だが最早手遅れで、市部は鬼気迫る声で、

「赤目と川合は同じ日に同じ産婦人科で生まれた。そこで取り違えがあった」

「……じゃあ、赤目が川合で川合が赤目だと」

「鈴木を信じるなら、そうとしか考えられない。他に選択肢はない。川合の父親は息子が産まれる前から名前を決めていた。後に赤目正紀と名付けられようが、母胎の中、或いは産まれた瞬間

に彼は既に川合高夫だったんだ。そして三日前、鈴木の言葉通り、川合高夫は依那古朝美に殺された」

「じゃあ、あれは千里眼ではなく預言だったと？」

思わず身を起こす。俺の想像よりも遥かに強い悪意を、鈴木は持っている。いや楽しんでいる。正に邪神だ。

俺が鈴木に犯人を訊き、それを赤目が盗み聞き、朝美の藪《やぶ》をつついた結果、赤目、いや川合が鈴木の言葉通り朝美に殺された。因果がまるきり逆転している。いや、奴が因果を操っているのか？

「神は因果の外にあると、あいつはいつも嘯《うそぶ》いているからな」

「じゃあ、二月の犯人はいったい？」

そう尋ねる声が揺らいでいた。自分の声とは思えないほど、醜く細切れに変質していた。

「川合、いや本当の赤目は事故死かもしれないし、殺されたのかもしれない。俺には解らない」

諦めた表情でゆっくりと首を横に振ったあと、市部は厳しい顔つきで俺に迫った。

「もう一度、あいつに答えを訊きたいか？」

下顎の震えが止まらない。俺は全てから逃げるように生温かい布団に潜り込んだ。

比《ひ》土《ど》との対決

比土との対決

1

「犯人は比土優子《ひどゆうこ》だよ」

俺、桑町淳《くわまちじゅん》の前で神様は宣《のたま》った。

どのような表情だったのか、今となっては正確に思い出せない。場所が体育館の奥にある薄暗い倉庫の中だったせいもある。その上鈴木の背後にある、鉄格子が嵌《はま》ったガラスから差し込む年末の陽光が、ちょうど逆光だった。

だが最大の理由は、彼女の名前を聞いたとたん、頭が真っ白になってしまったからだ。なぜなら比土は、俺もよく知る、同じ久遠《くおん》小探偵団のメンバーだった。

「比土だと……本当に比土が犯人なのか！」

声を震わせながら俺は再び問いかけた。答えは決まっているのに。別の答えが返ってくることなどあり得ないのに。

……神様は嘘は云わない。間違わない。その設定ゆえに、言を違《たが》えることもない。

案の定、鈴木は「そうだよ」と軽く頷く。

「信じられないかい？」

人殺しの話をしているのに、口調が軽い。昨日見たバラエティ番組の感想について雑談しているような。あの芸人、噛みまくってたよね。ワイプでよそ見している所を抜かれてたね。

もちろん今までも軽かった。神にとって人などたわいもない存在だから。いちいち感情移入してたらきりがない存在だから。

ただこちらがそれを許容していたのは、殺されたのが縁遠い人間なうえに、犯人の多くは知人の家族とはいえ、間接的な間柄だったからだ。

だが、今回は名指しされたのが比土本人で、しかも被害者が……。

「当たり前だ！」

俺は叫ぶ。甲高い声がコンクリートが剝き出しの壁に反響した。本心ではあるが、一方本心ではない。しかし、そう叫ばざるを得ない。こんなこと簡単に認められるわけがない。

「でも、僕は事実しか云わないから仕方ない。むろん僕を信じるかどうかは君次第だけどね」

神様と主張するくせに、全能であると主張するくせに、なぜか「自分を信じろ」と云わず、信心だけは押しつけてこない神様。むしろ無理強いしてくれた方が、こっちもきっぱりと拒絶出来て幸せなのに。

しかし鈴木は、まるで俺の理性を試すかのように挑発してくる。

その姿はもはや神ではなく悪魔だ。

だがかつて鈴木は、この世に悪魔など存在しないと明言した。悪魔は人の弱い心が産み出した幻想だと。この世に存在する理外の理は神様、それも鈴木ただ一人だけだと。

「なぜなら、この世界は僕が創りだしたものだからね。僕は悪魔なんていう詰まらないものを創った覚えはない。悪魔など人間の驕《おご》りに過ぎないよ。もし悪魔が僕に近い能力を持っていたとしたら、どうしてわざわざ人間などに接触しようとするんだい」

「悪魔は人の不幸を糧に生きているんじゃないのか？」

「人の不幸に大した魅力などないよ。そう思っているのは、地球上では人間だけだ。個体の生存率を考えれば虫や魚などの他の生物のほうがよほど不幸だからね。例えばマンボウは三億の卵を産むが、成長できるのはほんの二、三匹らしい。つまり一匹のマンボウから三億の不幸が生じているわけだ。不幸自慢したい人だけが悪魔の名を持ち出すんだ。自分あるいは自分たちの不幸を責任転嫁したり同情を惹きたいがためにね。悪魔は人の思念にしか存在しない」

「しかし悪魔より優れている神様であるはずの君が、わざわざ人間界に降りてきているじゃないか。悪魔だって退屈しのぎにやってきてるかもしれない」

矛盾を指摘すると、

「仮にそんな存在がいたとして、退屈しのぎに悪さをするというのは、そもそも悪魔の定義と異なるんじゃないのかい？　それなら人間も似たようなものだろう」

純粋な悪ではないというならそうだ。力のある者が無い者を、軽い気持ちで苛《いじ》めるのは、人同士でもよくある。

「じゃあ、君こそ悪魔じゃないのか。君が俺にしているのは悪意そのものだ」

「僕は神だよ。悪魔に世界を創造できたりはしないからね。用語は正しく使った方がいい。

ディーゼルカーを電車と云ったり、自走砲を戦車と云ったりするのと同じでよろしくないね。そもそもこの世界には正義も悪もない。そんな概念は人間たちが暮らしやすいように勝手に考え出しただけだ。だから立場によって衝突を起こすんだ」

たしかに絶対的な神が、人間の正義につきあう必要はないかもしれない。

「なるほど。だから君は、神様の癖に悪魔的な態度をとれるんだな」

「悪魔的とはまた便利な言葉遣いだね。だが悪魔など存在しないということを理解してもらえて嬉しいよ」

神は悪魔のように微笑んだ。

……そんな悪魔の話をしていたときは、まだまだ平和だったのだ。

今となっては、目の前の神を自称する男は、悪魔そのものにしか見えない。定義などクソ喰らえだ。この世界は悪魔によって創られたのかもしれない。何なら、そんなバカげた信仰を受け入れてもいい。

なぜなら同級生の比土が犯人だと鈴木が名指しした事件の被害者は、俺の幼なじみのクラスメイト、新堂小夜子《しんどうさよこ》だったからだ。

＊

小夜子が殺されたのは先週の木曜日のことだった。彼女は金属バットで後頭部を何度も殴られていた。聞いた話では頭蓋骨が半分陥没していたそうである。絶命したあとも執拗に殴られていることから、彼女に強い恨みを持った人間が犯人ではないかと囁かれた。

遺体が発見されたのは、掃除が終わり五時間目が始まる五分前の午後一時三〇分。ちょうど予鈴が鳴り終わった直後だった。

場所は視聴覚室の操作室。視聴覚室は教室がある棟とは別のB棟と呼ばれる建物にある。B棟は三階建てで、音楽室や図工室、理科室など、要は特別教室で埋められている。そして教室がある教室棟とは一階の屋根がついた長い渡り通路で繋がっていた。

因みに教室棟はA棟ではない。A棟は反対側にあり、同じく三階建てで、職員室や校長室、図書室などが入っている。久遠小探偵団が間借りしている児童会室もA棟だ。

教室棟とA棟は、一階から三階まで短い渡廊下で繋がっている。つまり教室棟を間に挟んでA棟とB棟が建っていることになる。学校の正面玄関がA棟にあるので、B棟は学校の一番奥まった端に位置している。グラウンドや体育館、プールなどは校舎群の脇にあるので、B棟の奥には校内を区切るフェンスしかなく、その先には鬱蒼とした雑木林が広がっているだけだ。そのせいかB棟は他の棟よりも比較的新しく建てられたにも拘らず、どこかうら寂しい雰囲気があった。

視聴覚室はそんなB棟の一階の端っこにあり、グラウンドや体育館の反対側なので、学校で一番奥まった場所とも云えた。広さは普通の教室と同じくらいで、固定された机や、大型TV、プロジェクターにスクリーンなどがあるが、その隣には操作室と呼ばれる狭い部屋が接していた。

文字通りプロジェクターなどの器機を操作する部屋で、室内には機材の他に、視聴覚室の様子が分かるように、大きなマジックミラーがついている。

そして発見時小夜子は、その狭い操作室の床の上に俯せで倒れていた。脇には血塗れの金属バット。

当時、小夜子は掃除中で操作室に一人きりだった。視聴覚室の掃除は俺たち五年二組の持ち回りで、事件があった先週は、小夜子たち五班の担当だった。男子が視聴覚室の床掃除で女子が窓拭きと、分担が決まっており、操作室に関しては、床掃除はないが、女子が一人だけ窓拭きに回っていた。これは五班に限らず各班共通で、担任の美旗《みはた》先生の指導によるものだ。そのため事件があった時は、小夜子が一人で操作室の窓拭きをしていた。

掃除が始まるのが午後の一時十分。それから小夜子はずっと操作室にいたため、発見されるまでの二十分間のうち、いつ殺されたか詳しい時刻までは判っていない。

発見者は同じ五班の四人。予鈴が鳴っても小夜子が戻ってこないので操作室まで呼びに行ったところ、遺体を見つけたらしい。その時既に、小夜子はこと切れていた。五班は小夜子を除き五人いるが、残りの一人はチャイムが鳴ってすぐにトイレに駆け込んだので、居合わせたのは四人だけだという。

視聴覚室は防音設備が施されているので、操作室の物音は誰も聞いていない。操作室には二つドアがあり、一つは視聴覚室、もう一つは廊下に抜けるもので、おそらく犯人は廊下から直接操作室に侵入し殺害したと考えられた。

ただ、今のところ目撃者はいない。B棟の一番隅の視聴覚室の隣にある操作室は、教室としては校舎の一番端っこに当たるが、その隣には二階へ昇る階段と、外に出る戸口もあるので、人目に触れずに侵入するにはもってこいの場所だったからだ。しかも一部の奇特者を除き、基本的にみな嫌々掃除をしているので、注意が散漫になり廊下の様子など気づきにくかったのもある。

また凶器となったバットは、A棟の屋上への出口に飾られていたヘラクレス像が持つ金属バットで、通称〝ヘラクレスの棍棒〟と呼ばれるものだった。

このヘラクレス像は、かつて久遠小で教壇に立っていたある教師が、三十年ほど前に製作し寄進したほぼ等身大の彫像で、ずっと表玄関に飾られていたものだ。だが十年ほど前に、右手で振りかざしていた棍棒の柄の部分が折られ、棍棒だけが行方不明になっていた。春休みのことだったので卒業生の悪戯とも考えられたが、結局犯人は判らずじまい。製作した教師も既に定年で県外に出て連絡もとれなかったので、以来ずっとヘラクレスの棍棒は折れたままになっていた。またその時、欠けた像は見栄えが悪いので、今の屋上への出口へと移されたらしい。

それが一年ほどして、今度は誰かがヘラクレスの右手に棍棒の代わりとばかりに金属バットを握らせたのだ。といっても、棍棒の柄は残ったままなので、強引に右手にガムテープでぐるぐる巻きにくくりつけただけだが。

こちらのほうの犯人も判っていないが、金属バットを振りかざしたヘラクレスの姿が、意外とユーモラスでマッチしていたせいか、教師達もはがすことなくそのままに放っておいたようだ。俺が学校に入学した頃には、既にヘラクレスはくすんだ銀色のバットを手にしていた。

で、〝ヘラクレスの棍棒〟というのは本来そのバットを指すのだが、俺たちの頃には因果が逆転していて、普通の金属バットのことを〝ヘラクレスの棍棒〟と呼ぶようになっていた。いわば久遠小スラングだ。

ただ、今回小夜子の殺害に使われたのはオリジナルの〝ヘラクレスの棍棒〟だった。

当初、学校という場所、犯行時間が二十分に限られていたことから犯人は直ぐに捕まると思われていた。状況から怨恨の線が強かったので、同じ小学生の犯行なら直ぐに捕まるだろう、という楽観的なところもあったようだ。

だが、親がPTA役員をしている同じ探偵団の丸山一平《まるやまいっぺい》が伝え聞いた話では、目撃者が現れないため意外と難航し、それとは別にひと月前から学校から少し離れた通学路で不審者が出没しているという話があり、今はその線も併せて捜査しているという。ただ、小夜子の身体に悪戯の痕跡が見られなかったことと、凶器のバットがA棟の像のものだったことから、やはり学内の人間である疑いが一番強いようだ。

学校では集団登校が始まり、放課後は早く家に帰るように指導された。授業も五時間目までと一時間早く終わり、授業中も手の空いている教師が廊下を見回っている。

戒厳令が敷かれた校舎。

視聴覚室はいまだ立入禁止で、真上にある音楽室もしばらく使用禁止になった。授業中に下から変な声が聞こえると、過敏な生徒が怯え出したためだ。

そして……一週間が経っても犯人のはの字も聞かないことに業を煮やした俺は、事件の翌週の木曜日、つい鈴木に尋ねてしまった。

それがこのザマだ。

2

体育倉庫からの帰り、俺の足取りは重かった。

俯き加減で校舎に戻ると、廊下の先に市部始《いちべはじめ》の姿が見えた。探偵団のリーダーで、妙に頭が切れる。今、一番遭いたくない男だ。だが、気づかないふりをして逃げ出すには既に遅く、市部が足早に駆け寄ってきていた。

「桑町《くわまち》……おまえ、まさか鈴木に犯人を訊いたのか！」

さすがに鋭い。

「いや」と、俺は反射的に否定しかけたが、すぐに「ああ」と頷いた。こいつに嘘を吐いてもばれるだけだ。

「どうしてだ。もう、鈴木とは関わらないという約束だったはずだ」

赤目《あかめ》の件の時、ショックで臥せっていた俺は、見舞いに来た市部にそう固く誓った。市部もそれが一番いい方法だと背中を押してくれた。あの神社で命を助けてくれた市部には感謝している。だから二度と鈴木には近づかないつもりだった。

そのときは、まさか小夜子が殺されるとは思わなかったからだ。

小夜子が殺されたとき、赤目の件の後遺症で俺はまだ学校を休んでいた。事件から十日あまり過ぎていたが、布団の中で一日中廃人のようにぼうっとしていた俺に、父も気遣って特に何も云わなかった。

そして木曜の夕方、市部からの連絡で俺は小夜子の件を知った。

最初、性質《たち》の悪い冗談かと思った。市部がそんな軽口を叩く男でないことを知っていても、信じられなかった。信じたくなかった。だが隣の小夜子の家が次第に騒がしくなり、夜になり暗い表情で帰宅した父親が俺に告げたとき、現実に直面せざるを得なかった。そして二日後、小夜子の葬儀に連れられて行って、金ピカの祭壇に飾られた彼女のにこやかな遺影を目にしたとき、死を、別れを受け入れなければならないのだと、覚悟した。

同時に、彼女を殺した犯人に対する憎悪が心の底から湧き上ってきた。

それから俺は気力を振り絞り、登校を再開した。最初は鈴木に犯人を訊くという考えは、毛頭なかった。警察がすぐに捕まえてくれる。仇を討ってくれると信じていたからだ。

しかし事件から一週間が、さしたる進展もなく過ぎ去ったとき、俺は我慢が出来なくなっていた。現実の捜査では、一週間などあっという間なのかもしれない。半月後、一月後に犯人が逮捕されることもよくあるだろう。だが鈴木という特効薬を知った身には、毎日毎日、花が生けられた小夜子の机を見ながら授業を受けなければならない身には、わずか一週間ですら渇きを覚える長い期間だった。

そして木曜日の昼。小夜子はその美貌や性格から、クラスのマドンナとして男女問わず好かれていた。未だ事件の昏《くら》い影が差し込む教室で、ふと鈴木に目を遣ると、彼は、彼だけは普通の顔をして授業を受けていた。

怒りと同時に、やはり俺たちと違う人間なのだという不思議な安堵感が心に広がってきた。

その時、ふいに鈴木はこちらを向き微笑んだのだ。俺が見ていたことを知っていたかのように。

悪魔の微笑だったのかもしれない。だが、俺の脳裏からはもう、市部との約束は消え去っていた。鈴木から犯人の名前を訊かなければならない……これ以上、犯人を知らない状況に耐えられなくなっていたのだ。ドーピングに依存するアスリートのようなものだったのかもしれない。

そして結果はこの通り。彼の答えは俺を癒してはくれなかった。ますます渇きを促されただけ。薬物《くすり》でいうバッドトリップだ。

「殺されたのが新堂だったから、気になるお前の気持ちも解る。だが、やつの本性はこの前に痛いほどに身に染みただろ」

それは重々承知している。だが、既に手遅れなのだ。

「それで……やつは誰を指名したんだ？」

身体じゅうを夕日で赤く染めながら、市部は厳しい声で尋ねた。

俺は真一文字に口を噤《つぐ》む。云えるはずもない。

鈴木はこれまでも何度か、探偵団のメンバーの家族を犯人として挙げてきた。とても信じられないものだったが、実際逮捕されたケースもある。それが原因で、探偵団どころか学校を去った例もある。

だがそれでも、今まではあくまでメンバーの家族だった。本人ではなかった。ワンクッションが存在していた。しかし今度は比土本人が直接名指しされたのだ。探偵団のメンバーである比土が犯人だと。

「もしかして俺の名前か？」

「お前がやったのか！」

「まさか」

俺の剣幕に市部は慌てて否定した。

「あいつなら云いかねないと思っただけだ。すまん、つまらんことを口走って」

市部は根底では、鈴木の能力を信じていない。それは今のやりとりからも判る。だからこそ俺は伝えられなかった。市部が俺の、鈴木の言葉を鵜呑みにするとは到底思えないからだ。

比土は市部を愛している。今のところ片想いのようだが、比土が隠していないため、市部もそれはよく知っている。そのため比土と市部の間には、既に同じ探偵団のメンバー以上の絆が出来上がってしまっている。市部はそんな奴だ。優しいのだ。だから俺の言葉を決して肯定しないだろうし、板挟みになって悩むだけだろう。

「悪いが、まだ打ち明ける気はない」

俺はにべなく断った。

市部は渋い表情で、黙って俺を見続けている。グラウンドから下校する児童の騒ぎ声が、廊下まで聞こえてくる。

「いずれ話す。だが今は云えない」

俺の態度を市部がどう推測したかは知らない。奴は鋭いので、俺が隠しているモノを正確に探り当てたかもしれない。俺には判らない。ただ今は、これ以上追及しても仕方がないと判断したようだ。

「まあ、今はいい。俺は俺で探すさ。だがな……パンクだけはするなよ。壊れる前に俺に話してくれ」

市部はぎこちなく微笑むと、踵《きびす》を返す。いつになく寂しい後ろ姿だった。

*

俺はいったいどうするべきか……。

昏い廊下を一人歩きながら、俺は迷っていた。

鈴木の言葉を聞かなかったふりをしてそのままやり過ごす？　日常に回帰する？　そんなことはありえない。他の生徒ならまだしも、殺されたのはあの小夜子なのだ。

小夜子は、幼なじみの義務感か何か知らないが、まるで姉のようにいろいろと俺にお節介を焼いてきた。小姑のように口うるさい小言もしばしば。バレンタインの事件で俺が変わったことをいろいろ詮索してくるので、正直、邪険にしていたところもあった。

だがそれが好意の発露なことは俺も承知していた。だから、彼女に居なくなってほしいと思ったことはないし、まして殺されてほしいと思ったことなどは一度もない。それに頭を何度も殴られて頭蓋骨が陥没するという悲惨な殺され方は、美人で聡明でクラスのマドンナと称された小夜子には絶対に似合わない。

小夜子の葬式に行ったときの彼女の両親と兄のいまだ泣き腫らした顔はこれからも絶対に忘れられないだろう。

小夜子のためにも、あの家族のためにも、そして俺自身のためにも犯人は捕まらなければならない。

そして……俺は犯人の名を知っている。

しかし名前は知っているが、実証する術《すべ》を持たない。あるのは〝神様〟たる鈴木の言葉だけ。それが致命的だった。

気がつくと、児童会室の前まで来ていた。児童会室は児童会長の厚意で探偵団の本部として使わせてもらっている。今日は児童会の会議も探偵団の集会もないので誰もいないはずだった。

だが中からは明かりが漏れている。ドアを開けると長机の前にひとり比土が腰掛けていた。不思議少女らしく、タロット占いをしているようだ。机の上にカードが広げられ、一枚だけ手にしていた。

ここで比土と鉢合わせるとは思っていなかったので、驚いた俺は思わず開けた扉をそのまま閉めようとした。

しかしその前に比土が気づく。彼女は色白で能面のような顔をこちらに向けると、

「あら、桑町さん、どうしたの？」

抑揚のない声で尋ねかけてくる。

「いや……」

最初は戸惑ったが、やがて目の前にいるのが殺人犯であることに気づくと、殺人犯と二人きりで部屋にいるという恐怖に変わっていった。

彼女は艶やかな長髪に眉の前でばっさり切られた前髪と合わさって、お菊人形みたいな見目をしている。反面、服装はゴスロリっぽいひらひらしたフリルのブラウスやスカートを身につけている。今日はないが偶《たま》に黒いマントを纏《まと》っているときもある。それが不思議少女を自認するゆえのトータルコーディネイトなのかもしれない。

これまでは珍妙としか思わなかったその不思議な雰囲気が、今は俺の恐怖感を後押ししているようだ。だがそれも一瞬のこと。すぐに恐怖は小夜子を殺した人間と対面しているという怒りに変わった。俺にとっては、恐怖より怒りの方が強い感情のようだ。

「なあ」

意を決した俺は、つかつかと机を挟んで彼女の前まで歩み寄ると、ストレートに尋ねた。

「間違っていたら、すまないが……お前が小夜子を殺したのか？」

「まさか」

カードを手にしたまま、比土はあっさり否定した。

「もしかして鈴木君に犯人を訊いたの？」

市部と同じことを口にする。これまでの経緯をみれば当然の推論だが……。

「ああ、あいつはお前が犯人だと断言したよ」

冷たい黒曜石のような比土の瞳を見つめながら正直に頷くと、彼女も「そう」と表情一つ変えずにこちらを睨み返す。

「桑町さん。あなたは彼のことを本当に神様だと信じているの？」

鋭く問いかける比土。

「俺には判らない。判っていたら、お前に確認などしない。それよりも比土の方が判るんじゃないか。あいつが何者なのか」

「私の口から訊き出そうとするわけ？」

比土は口許を皮肉っぽくつり上げると、低いトーンのまま、

「私にも判らないわよ。ただ、本人が称するような神様じゃなくて、全く正反対の悪魔かもしれないわよ」

「悪魔か……あいつはこの世には神が一人いるだけで、悪魔なんて存在しないと豪語していたな」

「いかにも彼らしい答えだけど、実際、どうでしょうね。神と悪魔の違いなんて嘘を吐くか吐か

ないかだけかもしれないわ。知ってる？　一神教の神様にとっては神＝善だから、善悪の基準が人間たちにはないのよ」

「鈴木が悪魔だというのか」

「嘘つき島と同じよ。本人が悪魔。それを証明するのは神様を連れてこなければならないから、文字通り悪魔の証明でしょうね」

どこか他人事のように比土は呟く。俺にはそれが不思議だった。神にしろ悪魔にしろ、人間でない者が、人間以上の力を持つ者がごく身近に存在することに脅威を感じないのだろうか？

俺は恐れている。だから、鈴木を悪魔的だと思いながらも神であると信じたいのだ。なぜなら、奴が悪魔ならもう俺は後戻りが効かないところまで来ているはずだ。

「じゃあ、本当にお前は小夜子を殺していないんだな」

再び念押しする。だが、先ほどと違い彼女は微妙な云い回しで、

「普通の意味では殺していないわよ」

と答えた。

「どういう意味だ？」

「私は彼女を呪ったけど、それは今の法律では殺人にならないでしょ」

「呪った？」

聞き捨てならない単語に、俺は思わず身を乗り出した。腕が比土の手に当たり、彼女が持っていたタロットカードが机の上にひらひらと落ちる。

表を向いたそれは、死神のカードだった。

「そう、呪ったわ。新堂さんが殺された前の夜にね」

夕闇に紛れるような表情で、比土は静かに答える。

「どういう意味だ！」

「そのままの意味よ。呪法にはウイチグスの本を用いたんだけど、詳しい呪法をあなたに説明しても理解できないでしょう」

「じゃあ、お前の呪いで小夜子は」

「そんな荒唐無稽に考えなくてもいいんじゃない。呪法によって、私の思念を受け取った人物が代わりに殺してくれたと考えればね」

「じゃあ、誰かが比土の代わりに小夜子を殺したと……。ばかばかしい」

否定したものの、神様の言葉を前提としている以上、呪法を完全に否定できる根拠はなかった。

「でも、どうして小夜子を呪ったりしたんだ！」

「知りたい？」

比土はじっと俺の目を見た。互いにしばらく黙り込んだあと、やがて彼女は口を開いた。

「彼女が私に余計なことを云ったからよ」

その声は、復讐の女神に似た、冷たい響きだった。同時に、外から風が吹きつけ、カタカタと児童会室の窓ガラスが一斉に音を鳴らした。

「余計なこと、だと？」

俺が尋ねると、

「先々週のことだったわ。グラウンドでするはずだった体育の授業が、初雪で体育館に振り替わったときのことよ。彼女のクラスと合同授業だったけど、合間に体育倉庫室に呼ばれて云われたのよ。市部君のことを諦めるようにって」

「市部のことを？」

「そう。市部君は桑町さん、あなたが好きだから、もうつきまとうなって」

「小夜子がそんな事を云ったのか！」

「そうよ」と心底うんざりした表情で比土は頷いた。「何の権利があって私に命令したのか正直今でも判らないわ。私は私が好きな人を愛するだけ。今の不細工な市部君が、やがて整形して美男子になったとき私と結ばれるの。それは星辰の導きによって既に決まっているのよ。誰にも邪魔される理由はないわ」

ずっと冷静だった比土の口調が、少し熱を帯びている。

「彼女はクラスの人気者で得意気になっていたのかもしれないけど、どういう権限で他人の感情をコントロールしようとしたのかしら。だからそれでもし諦めなかったらどうするのって訊いたの」

「小夜子はどう云ったんだ」

「私の秘密を告発するって脅迫してきたわ」

低い声でぽつりと比土は答えた。地の底から湧き出たような不思議な声だった。

「秘密？」

「どんな秘密なのかは云わないわよ。絶対的な私の秘密なんだから。彼岸まで鍵を掛けて持っていく」

「それで殺したのか。秘密をバラされるのを恐れて」

声を荒らげ、ぐいと顔を近づける。

「近すぎるわよ。少し離れてよ」比土は邪険に手で払うと、「……さっきも云ったでしょ。殺してなんかないって。聞こえなかったの。呪ってあげただけよ。それに私は彼女の脅迫を恐れてしたわけじゃないわ。新堂さんが私の感情をコントロールしようとするなら、代わりに私は彼女の生死をコントロールしようとしただけ。実行犯は別にいるわよ」

比土の言葉は本当だろうか。疑いの眼差しで見ていると、

「信じていないようね。まあ、ここまで話した以上はあたりまえでしょうけど。気が済むまで調べてみるのね。それとも、いつものように市部君に泣きつく？」

挑戦的に睨み返された。なるべく気づかないようにしていたが、望むと望まざるとにかかわらず、俺は三角関係の一角を占めてしまっている。比土の嫉妬を正面から受ける立場になっている。彼女の反応は当然の反応だった。

「……………」

奥歯を嚙みしめると、俺は足早に児童会室を出た。これ以上居ると、比土に殴りかかってしまいそうだったからだ。

怒りが身体中を駆け巡っている。しかし怒りにまかせても何も解決しないことは、本能で解っていた。冷静にならなければならない。

だが……彼女は、俺を苛立たせるためだけに、わざわざ話したのだろうか？

いや……比土は俺が彼女を疑っているのを前から知っていたかのようだった。それは比土が犯人でない限り思いつかないはずだ。

しかし彼女が犯人なら、なぜ俺に動機を打ち明けたのだろう。

堂々巡りだ。

「調べてみるのね」……比土はそう挑発した。己の犯行によほどの自信があるのだろう。その自信は完全な犯罪をした自負からだろうか。それとも本当に呪法を用いたからだろうか。

とにかく調べてみるしかない。闇が迫る廊下を大股で歩きながら、俺は固く誓った。

3

翌日の休み時間。俺は柘植弥生《つげやよい》と加太茅野《かぶとちの》に声を掛けた。

彼女たちは小夜子と同じ五班で、視聴覚室の掃除当番だった。小夜子の死体を発見した四人のうちの二人だ。

「二人に少し訊きたいことがあるんだが」

最近新曲を出したアイドルグループの話をしていた彼女たちは、ふり返りおしゃべりを止める。

普段はほとんど会話を交わさないので、怪訝そうにこちらを見たが、すぐに小夜子の件と察したのだろう。俺と小夜子が幼なじみなのは彼女たちも知っている。

「それで、何を訊きたいの?」

冬の空気が張りつめた、人気のない踊り場までついて来たあと、先に柘植が口を開いた。

おかっぱ頭の柘植は、長身で大半の男より背が高い。俺も見上げる感じになる。彼女はよく男達に混じってサッカーをしたり、口げんかをしていた。

それに対して加太は小柄で、派手めな服装といいいかにも女子っぽい。休み時間に亀山《かめやま》千春《ちはる》と一緒に鈴木を囲んでいるのをよく見るので、取り巻きの一人なのだろう。

それゆえ、加太が俺を見る目は厳しい。

過去に犯人の件で、俺が鈴木に話しかけ鈴木もあっさり呼びかけに応じたりしたことが、彼女たち取り巻きには抜け駆けしているように映ったようだ。ひとりだけ特別扱い。要は嫉妬だ。ただ、敵意以外に具体的なイジメの類は受けていないので、こちらも取り立てて何の感想もないが。

「新堂さんのことでしょ。昨日は鈴木君にも訊いていたみたいだし」

耳の上で髪をツインテールに垂らした加太が、厭味な声で口にする。やはり気づかれていたようだ。注意を払ったつもりだが、その程度では取り巻きたちの監視はかいくぐれなかったらしい。

「そうだよ。鈴木は何も教えてくれなかったけどな」俺はそう誤魔化したあと「それで加太さんたちに訊きたいんだ。あの日のことを」

当然、二人ともいい顔をしない。教師や刑事に何度も訊かれたせいだろう。そもそも殺人事件のことなど思い出したくもない。それは解る。だがこちらもおいそれと引き下がるわけにはいかない。

「頼む。小夜子のためと思って教えてくれ」

熱心に迫ると、「いいよ。少しだけなら」最初に柘植が頷く。「新堂さんのためになるのなら」

それを見て、不承不承加太も追随した。

「俺はずっと休んでいたからよく知らないんだけど、先週は、小夜子はずっとひとりで操作室の窓拭きをしていたのか？」

　確たる証拠があるわけではないが、廊下を犯人が通ったという目撃証言がないことから、犯人は操作室の隣の戸口か階段からB棟に侵入したと考えられている。つまり操作室の小夜子をピンポイントに狙ったわけだが、答えは意外なものだった。

「違うわよ。あの日はたまたま新堂さんが担当になっただけよ」

「そうよ」と大きく加太も頷く。「いつも操作室の窓拭きは、掃除が始まってからじゃんけんで決めてるのよ。桑町さんの班はそうしていないの？」

「いや、俺がいつも操作室の窓拭きをしているが」

　俺の答えに、加太はこれ見よがしに肩で溜息を吐いたあと、

「まあ、武士の情で、そこには触れないであげるわ。だから、誰が担当になるかはその日のじゃんけん次第なの」

「じゃあ、掃除が始まるまでは誰が行くかは決まってないのか？」

「そうよ。たしか新堂さんは、あの日初めてじゃんけんに負けたの。月曜と水曜は私、火曜は弥生が担当になったし。そういえば、前の当番の時は、月曜から木曜までずっと私が負け続けたわね。金曜だけ弥生だったし。新堂さんはじゃんけんが強かったのかも」

「それが、あの日はたまたま負けたんだな。じゃんけんに勝って自ら志願したわけじゃなく」

　俺の質問がよほど頓珍漢だったんだろう。一瞬、はあ、と脱力したような表情を見せたあと、

「当たり前じゃない。操作室なんて誰も行きたがらないわよ。月曜から木曜までずっと私だった

ときは一人で惨めな気分になっちゃったんだから」

ねえ、と隣の柘植を見る。柘植も、まあね、と苦笑しながら首肯している。

「一人で掃除するのが嫌なのか？」

「嫌じゃないわよ。理科室のように骸骨お化けが出るという話もないし」

「じゃあ、どうして？」

「桑町さんには解らないと思うけど、いない間に二人で私の話をしてるんじゃないかと思うわけよ」

いまいちピンと来ない理由だ。

「そんなものなのか？」

柘植に尋ねると、彼女は先ほどと同じように「まあね」と頷いた。

「別に何かあるわけじゃないんだけどね。座り心地が悪いというか、ちょっとしたことなんだよ。桑町さんのような人には無縁かもしれないけど」

二人がかりでバカにされている気もするが、今は些事に構っていられない。

「じゃあ、掃除が始まった時に小夜子は操作室に一人で行ったんだ。そして予鈴が鳴ったあとに彼女の遺体を発見した。その間、何か怪しい物音とかは？」

「先生にも、刑事さんにも話したけど、何も聞こえなかったわ。あの教室、防音がしっかりしているから。それにあなたも知っているように、掃除の時間には音楽がかかっているし」

柘植の指摘に俺も頷く。久遠小では掃除の時間はいつも、穏やかなクラシック音楽がスピーカーを通して全ての教室に流れていた。たいした音量ではないので耳に煩いわけではないが、ちょっとした物音程度なら旋律に紛れてしまうだろう。

「じゃあ、掃除の時間は、みんなずっと視聴覚室にいたわけだよな」

「男子も含めてね。何、今度は私たちを疑っているの？」

加太が声高に突っかかる。

「いや、そういうつもりじゃないんだ、アリバイがあるのは間違いないようだし」

「そういう云い方は誤解を招くからやめた方がいいよ」

まるで小夜子のような説教口調で、柘植が諭す。

「ごめん。悪かった」と俺は素直に謝った。だが加太の方は収まらないらしく、ツインテールを揺らしながら、

「あなたが新堂さんと友達なのは知ってるけど。そんなに犯人が知りたければ、お得意の色仕掛けで鈴木君にもう一回迫ったらいいんじゃない。あなたになら犯人の名前を教えてくれるかもよ。それとも愛しの市部君を頼る？」

とげとげしい口調に、加太が鈴木の取り巻きなのを思いだす。

色仕掛け……自分には一番遠い言葉と思っていたが、他人の目にはそう映っているらしい。それに驚いた。

「そんなつもりは……」

既に鈴木が教えてくれたとは打ち明けられない。逆に彼女たちに犯人の名前を訊かれるだろうし、そもそも鈴木に訊いた上で調べているということは、俺が鈴木の言葉を信じていないと告白しているのも同じだ。取り巻きたちの神経をなおさら逆撫ですることになる。

俺が返答に困っていると、

「茅野。さすがに云いすぎよ」

柘植が窘《たしな》める。加太も少し反省したのか、「悪かったわね」と呟いた。だが言葉と裏腹に、その目つきは思いっきり俺を睨んでいた。


その後、五班の男子に訊き、彼女たちの証言の裏をとる。

男子は当時三人いたが、そのうち一人は今も学校を休んでいる。真っ先に小夜子を発見した二人の女達がぴんぴんして登校しているのとは対照的だ。

女は強い。たぶん。全員ではないが。

男たちはみな、モップで床掃除が担当だった。掃除が始まったとき、女子の三人がじゃんけんを始め、小夜子が操作室の担当になったところを、二人とも目撃している。

じゃんけんで負けた小夜子は、「とうとう回ってきたか」と頭を掻きながら、口ほどには残念でもない様子で隣の操作室に向かっていったらしい。

もちろん誰も、それが小夜子の最後の言葉になるとは夢にも思っていなかった。

＊

昼休み、俺は一組に訊き込みにいった。一組は比土のクラスだ。とはいえ、比土に会いに行ったわけではない。むしろなるべくなら顔を合わせたくなかった。

幸いにして教室には比土の姿は見えない。ほっと息を吐き、入り口近くの女に声を掛けてみた。

女は最初怪訝そうに俺を見たが、

「あなたたしか桑町さんね。探偵団の。新堂さんの件を調べてるの」

利発そうな声でそう尋ねてくる。

「まあ、そういうところだ」

「比土さんも探偵団なのよね。比土さんに用があるの？」

俺は即座に否定すると、

「比土って、何班だった？」

「三班かな」

「同じ班の女子と話がしたいんだけど」

「よく判らないけど、判ったわ」彼女はそう頷いて「美崎《みさき》ちゃん」と窓際の太った女の子を呼んだ。

美崎と呼ばれた女は三つ編みを揺らして俺の許まで来る。

「美崎ちゃん。比土さんのことで、桑町さんが訊きたいことがあるんだって」

「えっ、比土さん？」

彼女の一歩引いたような態度から、クラスでの比土の立ち位置が判る。俺も他人のことを云えた義理ではないが。

ともかく話は聞いてくれそうなので、俺は事件の日の比土のアリバイを尋ねた。

「掃除のとき？　どうしてそんなことを訊くの」

丸太のような首を傾げながら、尤《もっと》もな疑問を美崎は投げかける。

「いや、特に理由はない。ただ、知りたいんだ」

まさか比土が犯人だとも容疑者だとも話すわけにはいかない。比土は俺が嗅ぎ回っていることなど承知しているだろうから、彼女にばれても構わないが、クラスメイトや教師など他の人間に知られるのはまずい。

なぜ俺が比土を疑っているかを説明しなければならないし、そうなると神様を持ち出さなければならなくなる。

果たしてあの鈴木が、素直に発言を認めるかどうか。状況次第では、俺が一方的に悪者になってしまう。あるいは比土はそれを狙っているのかもしれないが。

「まあ、いいわ。同じ少年探偵団なんだから、何かあるんでしょうけど」

いつもの癖で、少年探偵団じゃなく久遠小探偵団だと訂正しかけたが、ややこしくなるだけなので自重した。

「私たちはこの教室の担当だったけど、比土さんは終わる十分前にゴミを捨てに行ったわよ。予鈴が鳴り終えて直ぐくらいに帰ってきてたけど」

「十分前というと一時二十分？　間違いない？」

念を押すと、美崎は丸い頭で大きく頷いた。

「壁の時計を見たから間違いないわ。ちょっと早いかなとも思ったけど、比土さんって廊下を走って捨てに行くタイプでもないし、いつも丁寧に掃除しているから、男子みたいにサボるためでもないのは判ってたし、そのまま行ってもらったの」

「じゃあ、掃除が始まってゴミ捨てに行くまではずっと、みんなと一緒に掃除をしていたんだ？」

「そうよ。教室だから、開始のチャイムが鳴ったときにはもういたし。私が窓拭きで比土さんは机の水拭きだったわ」

人当たりのいい声で美崎は答える。

「ゴミ捨てはいつも比土の担当なのか？」

「ううん。決まってないわね。毎日のことでもないし。手が空いてて、ゴミが溜まっているのに気がついた人が捨てに行くって感じかな」

「じゃあ、昼休みは彼女はずっと教室にいた？」

「さあ」と、美崎は首を傾げる。最初に声を掛けた隣の女も同調して首を傾げていた。やがて美崎は声を潜めると、

「ところで、さっきから事件があった掃除の時間のことばかり訊いてくるけど、もしかして比土さんが疑われてるの？」

「まさか。探偵団のメンバーは、先ず自分の身の証を立てないと捜査に加われないんだ。そのための確認だよ。比土に小夜子を殺す理由なんかないだろ」

適当な理屈で誤魔化すと、

「変てこなルールね。でも、比土さんと新堂さんじゃあ、接点が全くないから、それもそうね」

完全に合点がいったわけではないようだが、一応納得してくれたようだ。まさか目の前の人間がその接点だとは夢にも思っていないようだった。

放課後、俺は一組の教室から視聴覚室の前まで、ゴミ箱を手に、駆け足で走っていった。五年一組は教室棟の三階の端にあるので、一階まで階段を降り一旦外に出る。渡り通路を使うのはさすがに目立つので、人気のない裏道を通ってB棟に向かう。操作室の脇のドアから棟の中に入り操作室の前でストップ。封鎖されているので室内には入れないが、掛かった時間は凡そ三分といったところだった。

そして再び外に出て今度はA棟脇のゴミ捨て場まで向かう。ゴミ捨て場はグラウンドの近くにあるので、視聴覚室とは反対側の端に当たる。校舎群を四角く囲んだとき、ちょうど対角線上に位置する場所だ。

そのため操作室からゴミ捨て場まで、六分掛かった。そしてゴミ捨て場から再び一組の教室まで戻るのに四分。

結果、教室から操作室を経てゴミ捨て場に行き、再び教室まで戻る三角移動に掛かった時間は、併せて十三分。

帰ってきた時間は予鈴ではっきりしているし、また教室を出た時間も確認されている。比土の空白の時間は十分だけ。三分足りない。

つまり比土にはアリバイが成立することになる。

……それであんなに余裕があったのだろうか。

学校からの帰り道。自転車に乗りながら、俺はずっと考えていた。

華奢な見た目に反して、比土がものすごく足が速ければ、あるいは十分を切ることも可能かもしれない。

だが俺との間に、三分も差が開くほどの脚力の差が存在するのだろうか？

……そもそも速力で解決する問題なら、比土はあれほどの自信を持っていないだろう。

本当に比土の呪いなのか。それとも何らかのトリックが仕込まれているのか。

黄昏《たそがれ》た大通りで危うくトラックに轢かれかけ、思いっきりクラクションと柄の悪い罵声を浴びながら、それでもなお俺は考え続けていた。

4

ゴミは捨てに行く必要はない。

その発想に思い至ったのは、その夜の風呂場でだった。

ゴミ箱はゴミが溜まってきたら捨てに行く。もし比土が捨てに行こうとしたとき、ほとんどゴミが溜まっていなければどうだろう。

教室棟の裏口には、大型の共用のゴミ箱があった。計測のため慌てて外に出ようとしたとき足を引っかけそうになったのでよく覚えている。少量のゴミをそこに移し、手にしたゴミ箱を物陰に隠して手ぶらでB棟の操作室まで行く。掃除の時間、裏口付近は人気《ひとけ》がないので、人目にはつかないだろう。そして殺害後、ゴミ捨て場には行かずそのまま戻ってくる。

これなら往復で六分しかかからない計算だ。ゴミ移しやゴミ箱隠しで一分とられたとしても、操作室で三分の猶予がある。

つまり比土のアリバイは成立しない！

俺は湯気が立ちこめる浴室の中で思わず立ち上がり、ガッツポーズを決めた。だが、直ぐにあることに気づきそのまま湯船に身体を沈める。

比土は予めヘラクレス像から凶器を盗み出し、一時二十分にゴミ箱を持ちゴミ捨て場に向かう振りをする。途中、隠してあった凶器を忍ばせながら視聴覚室の操作室に向かう。彼女はマントを羽織っていることも多いので、マントにヘラクレスの棍棒を隠せばいい。そして操作室に入り小夜子をめった打ち。

そこまではいい。

問題は次だ。

あの日、小夜子が操作室の担当に決まったのは、掃除が始まってからだ。一時十分までは決まっていなかった。

なら、どうやって、比土はそれを知り得たのか？

＊

週末、俺はひたすら考えたが、結局答えは出なかった。

五年一組の教室からB棟の廊下はかろうじて見える。だが視聴覚室や操作室の中の様子までは判らない。小夜子は視聴覚室から廊下を介さず直接操作室に入ったらしいので、教室からは担当が誰なのかまでは判らない。

「誰かが携帯で教えたのか？」

閃いたのは週があけた月曜の、二時間目の理科の時間のことだった。

五班に共犯者がいると考えれば……小夜子が一人になったことは簡単に判る。

小夜子の操作室行きが決まったあと、隙を見て携帯で比土に教える。わざわざ会話をしなくても、簡単なメールで充分だろう。

不可能ではない。比土が動き出すのは掃除が始まってから十分の後。それまでに伝えればいいだけだ。

だが問題がある。

比土の殺害計画につき合うような、邪悪な共犯者がこのクラスに、しかも五班にいるということだ。

柘植や加太の顔が浮かぶ。柘植はともかく加太は俺に突っかかってきた。心証はよくない。とはいえ、そんな冷酷な人間だとは思えない。もちろん美旗先生の一件を鑑みるまでもなく、俺には人を見抜く目などないのだが……。そういえばあれから先生とまともに話していない。

たしか五班で一人休み続けている奴がいる。それを俺は思い出した。もしかすると共犯者は、比土に軽い調子で頼まれていただけで、殺人事件に荷担するとは考えていなかったのではないのか？

あとで殺人の共犯者になってしまったことを知り、恐怖と後悔で家に引き籠もっているのかもしれない。

休んでいるのは誰だったんだろう？　聞いたような気もするが、記憶にない。もともとこのクラスの生徒の名前はあまり覚えていない。休み時間に柘植に訊いてみよう。そして本人に、騙されていただけなんだから罪にはならない。そう説得してみることにしよう。

退屈な理科の授業が終わり、立ち上がろうとしたとき、市部が話しかけてきた。

「おい、昨日から授業中はずっとぼんやりして、全然先生の話を聞いていないな。新堂の事件のことを考えていたのか？」

さすがよく見ている。だが俺は返事をしなかった。代わりに目で柘植を追った。柘植は教壇近くの自分の机で数人の友人と喋っていた。ついでに加太はと見ると、彼女は亀山たちと一緒に鈴木を取り巻いている。

どちらも今すぐはタイミングが悪そうだ。そもそも市部の目の前で堂々と尋ねるわけにもいかない。

仕方なく「なあ」と俺は視線を市部に戻すと、

「例えばだ。例えば、知らずに教えたことがあとで利用されていたことが判明したとき、その人物は共犯の罪になるのか？」

罪にならないとはっきり確認してから説得しないと、俺が嘘つきになってしまう。

充分曖昧に誤魔化して話したつもりだったが、それでも市部には充分だったようだ。

「まあ、騙されていたのなら罪はないだろうな。ただ、知らなかったことを証明するのは難しいだろう。恐らく、犯人とその共犯者との間で水掛け論が発生するはずだ。……つまり桑町は五班の誰かが犯人に騙されて、あの日新堂が操作室にいることを教えたと考えているのか？」

際どいところまで迫ってくる。

「ああ」渋々俺は認めた。この段階なら、まだ比土にまで想像が及ぶはずはない。

「相変わらず鈴木は犯人の名前しか教えてくれないようだな。俺もそれは考えてみた。もし新堂が狙われていたのなら、誰かが教えないと不可能だからな」

　市部は周囲を気遣いながら声を落としたあと、

「で、教えたのは関《せき》で、あいつが良心の呵責に耐えかねて家に籠もっているのではとも推理した」

　関という名前か。あとで住所を調べておこう。

「しかしな」と意外にも市部はかぶりを振った。「それは微妙に成り立たないんだ」

「微妙？」

　歯切れの悪い云い回しに、俺が思わず問い質《ただ》すと、

「ああ。A棟屋上出口のヘラクレス像から視聴覚室の隣の操作室までは最低でも五分はかかる。そして操作室から各教室まで戻るのに二、三分。あわせて七、八分というところだ。これはスタート地点をヘラクレス像にした場合で、A棟には生徒の掃除分担はないので、掃除が始まってから像に向かったとすれば更に二、三分。あわせて十分余りが必要になる。しかもこれは駆け足の時の計算で、教室棟と違って、教職員が多いA棟で駆け足だと直ぐに名前や顔を覚えられる危険も伴うから、廊下はもっとゆっくりと進まなければならなくなる。しかもだ、ヘラクレス像に巻き付けられたガムテープは大量な上に古びていたので、剝がしとるにはかなりの時間が必要だったらしい。まあ、金属バットという重いものを何年も固定できていたわけだから、ちょっとやそっとの量じゃないだろう。実際犯人はカッターを持っていなかったのか、一つ一つ端から巻きはがしていき、結構手間取った痕跡が残っているらしい。いくら早く見積もっても五分はかかるとか。これらを合わせると、掃除の時間に十五分以上を費やすことになる。殺人にも二分ほど

は必要だろうから、二十分の掃除のうち、ほとんど全ての時間だ。……ところで、掃除をまるまるサボった奴がいたら目立つと思わないか？　実際、警察もその辺はぬかりなく調べたようだ。それでいないのははっきりしているらしい」

「ちょっと待ってくれ！　本当に最低でも十五分はかかるというのか」

俺は息を詰まらせながら尋ねた。

市部は当然知らないはずだが、比土が自由だった時間は十五分どころか、十分しかない。

「おい、桑町。お前が聞いている名前は誰なんだ。そいつはもっと狭いアリバイしか持っていないのか？」

「十分だ」

俺は正直に答えた。もちろん、スタート地点が一組の教室だとは云わない。

「十分では、絶対に無理だ」

太陽が西から昇るのはあり得ないと同じ断定口調で、市部は否定した。

「でも……凶器を予め取り外しておけば、この教室からだと片道三分ほどで行けるはずだ」

別に殺す際に凶器を剝がさなくてもいい。屋上出口まで取りに行かなくてもいい。予め盗んでおいて隠しておけばいい。そんな俺の仮説に、「それは無理だ」と市部はゆっくりと首を横に振った。

「なぜなら用務員さんが毎日放課後に屋上の施錠を確認しているからだ。当然、脇にあるヘラクレス像も目に入る。水曜まではヘラクレスの棍棒には何の異常もなかった」

それは聞いていなかった。まさに青天の霹靂。

「となると、」と市部は講釈を続ける。「木曜日に掃除が始まるまでに持ち出したとも考えられるが、そもそも掃除が始まるまでは、新堂が操作室を担当することは決まっていなかった。だから共犯者の連絡は早くとも掃除が始まってからなんだよ」

「じゃあ、」

俺は市部の顔を見た。

「少なくとも十分程度では犯行は無理だ」

俺は再び頭を抱え込んだ。

なら、どうやって比土は小夜子を殺したのか？

帰り道、学校を休んでいる関という男子に会おうとしたが、面会拒否で門前払いを喰らっただけだった。

5

それから二日後。

もしかして共犯者は鈴木では……一瞬頭を過《よ》ぎったが、俺は直ぐに振り払った。比土は実は事件と無関係で、全ては鈴木と比土が組んで口裏を合わせた茶番だという可能性もある。ただただ俺を揶揄《からか》うために。

だが、恐らく違うだろう。あくまで直感で何の確証もないが、きっと正しい。

やつが神様ならば、神と称するならば、比土が持ちかけたとしても、そんな詰まらない謀略に荷担しないはずだ。鈴木は今まで真実という太刀で俺を斬り刻んできた。

つまるところ、根底から現実をキャンセルしたくなるほどに、俺は行き詰まっていたのだ。


そしてとうとう、恐れていた瞬間がやってきた。

「まさかお前、比土を疑っているのか」

俺には如才のなさがない。だから行きあたりばったりで調べていれば、やがて市部にばれるだろうと覚悟はしていた。予想していたより早くはあったが。

彼は男の腕力で探偵団の本部に俺を引きずりこむと、

「鈴木が云ったんだな。比土が犯人だと」

「ああ」

無表情で俺は肯定した。

「それで、比土のアリバイを探っていたと」

「ああそうだ」

「動機は何だ。どうして比土が新堂を」

「比土は小夜子に何か秘密を握られていた。そしてあることでそれをばらすと脅されていた。その秘密が何かまでは俺は知らない。ただそのことで、小夜子に対して殺意はあったと、比土自身が認めている」

「鈴木ではなく、比土がか！」

　これには市部も驚いたようだった。

「比土が新堂に殺意を持っていたと」

「ああ、それでウイチグスだかなんだかしらないが、呪法で小夜子を呪い殺そうとした。そして小夜子は殺された。比土はそう云ったよ」

「じゃあ、比土は自分の手で殺したとは認めてないんだな」

　ほっとした表情が市部の顔に浮かび上がる。ほんの一瞬だったが。その態度に俺はなぜか苛立った。

「だが俺は比土の言葉を信じない。もちろん鈴木の言葉も全面的に信じているわけではない。ただ仮に鈴木の言葉通りに比土が犯人なら、はたして比土に犯行は可能だったかを調べているだけだ」

「危険な遊戯だな……俺にはお前が鈴木にいいように誑《たぶら》かされているようにしかみえない」

「そうかもしれない」

　俺は否定しなかった。だがその危険な遊戯を俺たちは何度も続けてきたのだ。

「小夜子が殺されて以来、俺は正常でないかもしれない。ただ、比土の白黒がはっきりつけば、あるいは別の犯人が捕まれば正気に戻れるはずだ。だから今は探しているんだ」

「比土は知っているのか。このことを」

「ああ、もちろん。そうでなければ動機について喋るはずもない」

「くそっ」珍しく市部が感情的な態度を見せた。「お前もだが、比土も一体何を考えているんだ。あいつには犯行は無理だというのに。無駄に挑発して」

「無理だと？」

市部の断言につい反応してしまう。

「ああ、お前が比土を疑っていると知ったから、一応調べてみたんだ」

「手回しがいいな」

「リーダーだからな。メンバー同士のいざこざを黙って見ているわけにはいかない」

いかにも優等生な発言。

「それで、どう不可能なんだ」

「それはお前も充分承知しているだろう」市部は見透かすように云い放つと、「比土は一時二十分まで教室にいた。そして三十分には戻ってきている。だが教室からA棟のヘラクレス像まで凶器を取りに行き、そこから視聴覚室に向かい、再び教室に戻ってくるには、十分では少なすぎる。最低でも十五分はかかると、前にも話したはずだ。もちろん、予め凶器を盗み出しておけば可能だが、そのためには掃除が始まるまでに、新堂が操作室の担当になることを知っていなければならない。でもそんなこと、神様でない限り不可能なことだ。仮に比土が予知能力を持っていて、事前に知ることが出来たとしよう。それなら可能かもしれないが、予知能力を担ぎ出した時点で、呪いで殺したというのと同じ程度の信憑性しかない」

「つまり、通常の方法では、比土には無理だというんだな」

「ああ」

重々しく市部は頷いた。

「しかし……仮に木曜が空振りに終わってもまだ金曜がある。小夜子が担当になる可能性は三分の一残っている。チャンスは二度あったはずだ」

　ダメなら別の手を使えばいいだけのこと。殺人を実行しない限り、やり直しはいくらでも利く。そして比土はその賭に初日に勝った。いくぶん脆弱だが、これが俺が導き出した仮説だった。

「プロバビリティを狙ったというのか……それはありえないな。もう忘れたのか。少し前に、赤目が殺されたのを。お前もそれで学校を休んでいたはずだ」

　市部が碁石の様な瞳でじっと俺を見つめる。

「ショックなのはお前だけじゃない。全学年の生徒も教師もまだピリピリしているよ。そんな中、悪戯にせよ金属バットが盗まれたらみんなどう反応すると思う？　モノはグローブやボールではなく、人を簡単に殺せる金属バットなんだ。赤目の悪夢が甦り、みないつも以上に警戒するだろう。だからもし木曜に何も起こっていなかったとしても、金曜日には平和な雰囲気は消し飛んでいたはずだ。また教師たちが校内じゅうでバットを探し始めるだろう。つまり犯人としては盗んだその日に勝負をつけなければならなかった。凶器は新堂の動向がはっきりしてからではないと、盗めなかったんだよ」

　一気にまくし立てたあと「それにだ」と市部は付け足す。

「もし犯人が確率に賭けるつもりなら、木曜じゃなく月曜にバットを盗むはずだ。木曜に盗めば残るのは二日だけ。三分の二掛ける三分の二を一から引いて、九分の五の確率、つまり半分強の確率でしか新堂は操作室の担当にならないことになる。それではあまりに低確率すぎる。掃除は週代わりだから、翌週は別の班が担当することになるしな。もし月曜からなら五日分。三分の二掛ける三分の二掛ける三分の二掛ける三分の二掛ける三分の二を一から引いて、およそ九割弱の高確率で担当になることになる。しかし実際、犯人は週も半ばを過ぎた木曜になってから凶器を盗み出した。それは操作室に小夜子がいたことを既に知っていたからに他ならない。だから比土ではあり得ない」

市部の言葉には説得力があった。理屈では痛いほど判っている。俺もこの数日考えに考え、比土が答えになる方程式がどうしても導き出せなかった。

「でも、鈴木は犯人は比土だと断言したんだ」

「鈴木、鈴木、鈴木。お前はあいつと俺のどちらを信じるんだ！　どちらを選ぶんだ！」

ドンと足を踏み鳴らし、大声を上げる市部。こんな感情的な市部を見るのは久しぶりだ。

「勘違いするな！」俺は負けず怒鳴り返した。「どちらを選ぶとかそんな下らない話じゃない。俺はただ、小夜子の仇を討ちたいだけだ。そのためなら悪魔の囁きにも耳を傾けるさ」

交渉は決裂、肩を怒らせながら、俺は市部に背を向け冷え切った部屋を出た。

意外にも、廊下には比土が立っていた。ずっと立ち聞きしていたらしい。

「大変そうね」

すれ違いざま比土は、俺にだけ聞こえる声でそう囁いた。

いつも能面のような無表情の比土だが、そのときの口許は僅かに綻《ほころ》んでいた。

6

「今日も来てくれたのね。あの娘《こ》も喜ぶわ」

俺が仏壇に手を合わせると、小夜子の母が弱々しく微笑んだ。小夜子に似た細身の美人だ。だが今は泣きはらした目が痛々しい。

「でも、あまり無理をしないでね。淳ちゃんが倒れたら、小夜子も哀しむと思うから」

俺の顔に浮かぶ疲れを見て、心配そうに労《いたわ》ってくれる。まさか犯人探しをしているとまでは知らないだろう。だが小夜子のために身を削っているとは直感しているようだ。

「いえ、俺は元気ですから」

俺は身体に力を入れ、体力をアピールしたあと、

「そういえば、小夜子はおばさんに、比土さんについて何か話してませんでしたか？」

トリックは一時棚上げして、動機となった秘密の方から攻めていこう。そう考えた末の質問だった。

「比土さん？」

小夜子の母は首を傾げる。

「比土優子という名前で、五年一組の女の子なんです」

フルネームを云っても全く心当たりはないようだ。

「ごめんなさい。その比土さんがどうかしたの？」

「いえ、実は事件の少し前に小夜子と喧嘩したらしく、すぐ後にこんなことになったから気に病んでて」

予め考えていた云い訳をまくし立てた。小夜子の母はそれを信じたように、細い眉を下げると、

「そうだったの。私は何も聞いてないわ。でもその比土さんに、気にしないよう云っておいてあ

げてね。何より小夜子が知ったら哀しむから」

「はい……」

捜査のためとはいえ、小夜子の母を欺くのは気分が重かった。だが、家族には比土の名前すら洩らしていないのは確かなようだ。よほど深刻な秘密だったのだろうか？

ふと、外を見ると雪がちらつき始めてきた。

「淳ちゃん。雪だるま、好きだったのよね」

ぽつりと小夜子の母が洩らす。どうしていきなり、と驚き理由を尋ねると、

「小夜子が云ってたのよ。半月前に雪が積もった日があってね。淳ちゃんのために雪だるまを作りたいと云いだしたの。大きな雪だるまを見れば、きっと淳ちゃんの元気が出るからって。あの時はまだ淳ちゃんは学校を休んでいたから」

「……まあ、好きですけど」

低学年の頃、二人で汗を掻きながら、背丈ほどの雪だるまを作ったことを思い出す。

ただ、ずっとカーテンを閉めていたので、雪の日は覚えていない。でも一日か二日、普段より冷え込んだ日があったのは、朧《おぼろ》にだが記憶に残っていた。

しかし小夜子が雪だるまを手土産に、見舞いに来たことはなかったはずだ。首を傾げていると、

「小夜子も風邪で休んでいたの。だから布団から出ないように約束させたの。無理をして風邪が悪化したらいけないでしょ。……小夜子、折角の初雪だったのに、淋しそうだったわ。結局、雪が降ったのはあの日だけだったし。こんなことなら、少々の無理は聞いて作らせてあげればよかった」

今まで我慢していたが、さすがに堪えきれなくなったのか、母親はそのまま涙ぐんだ。潮時だろう。俺は猫背のままとぼとぼと玄関を出る。

「淳ちゃん。もっとしゃきっとしなきゃ」

背後から小夜子の母親の声が聞こえてくる。こちらが励まさなければいけないのに、本末転倒だ。ますます気が重い。

*

鉄柵の門扉を閉じたとき、粉雪が舞う家の前で二人の男子が口論をしていた。その顔に見覚えがある。近所の一年坊と二年坊だ。

「違うよ。何も知らないんだな。地球が太陽の周りを回ってるんだぜ」

二年生の方が得意気に諭す。だが一年生の方は納得がいかない様子で、

「違わないよ！　お陽様が地球の周りを回っているんだよ。だって先生がそう云ってたもん。先生が嘘を吐くわけがないだろ」

「何だと！　俺が間違っているっていうのか」

体力に勝る二年生がキレて力ずくで従わせようとしたので、さすがに割って入った。他の場所なら放っておくが、家の前で喧嘩されるのは面倒だ。

「じゃあ、おねえちゃんはどうなの。どっちが正しいのか知ってるの？」

真っ赤に染まった二人の顔が一斉に俺に向けられる。

「地球が太陽の周りを回っている」

俺は即座に断言した。

「だって先生が……」と一年坊。「ほら、俺が正しかっただろ」と二年坊。二人の明暗がはっきり分かれる。

「一年ではそう習うんだ。ややこしすぎて一度に覚えきれないからな。でも二年からは正しく地球が太陽の周りを回っていると習うようになる」

一年では、東から太陽が昇り西に沈むと教えられた。地球が中心で、太陽が季節によって軌道を変えながら地球の周りを回っている図が、理科の教科書に載っていた。それが二年になって、実は回っていたのは太陽ではなく地球だったと教えられたとき、文字通り天地がひっくり返ったのを覚えている。毎日目にしていた自然現象の因果が、あっさり逆転してしまったのだ。今まで確かなものと安心していた地面が、いきなり不安定なものになったのだ。

世間が地動説に傾いたとき、今まで天動説を信奉していた人たちはこんな気持ちになったのだろうか。遠い異国をしみじみ想像してみたりもした。

「俺も二年で真実を知ったときは驚いたよ。今まで信じていたものが全て裏返ってしまうんだからな。だから君も二年になれば真実を知るさ。それまでの辛抱だ」

二人は何とか納得したようだが、今度は口を揃えて、

「おねえちゃん、女のくせに俺って訝《おか》し〜い。オカマだオカマだ！」

折角仲裁してやったのに、あっさり連《つる》んで囃《はや》し立てるとは。恩を仇で返すとはこのことだ。

「別にオカマでいいけど、そういう時はオナベって云うんだよ」

そう吐き捨て、俺は家に戻った。バンと勢いよく玄関の扉を閉める。

躰は震えていた。立っていられないほどに。だから思わず玄関口にしゃがみ込んでしまった。吐きそうだ。

といっても、あの二人の暴言のせいではない。

気づいてしまったのだ。

比土の秘密に。

地球の公転に。

7

「なあ、比土」

翌日、誰もいない児童会室で俺が尋ねた。照かりはついていない。夕日が射し込む薄暗い室内で、比土はタロットを並べていた。

通学路で変質者が捕まった。今朝の教室はその話題でもちきりだった。小夜子殺しの自供も秒読みだと、学校中が安堵の雰囲気に包まれていた。ただ一人、俺を除いて。

「なあ、比土」

俺は再び声を掛けた。先ほどより強めに。そこで比土はようやくタロットを並べる手を止める。

「秘密なんかなかったんだろ」

「……………」

「小夜子はお前を脅迫したりしなかったんだろ。あれは全部お前のでっち上げだろ」

「どうしてそう思うの？」

真っ白な能面がこちらを向く。感情の欠片もない声だった。

「お前は先々週の初雪の日に小夜子が脅迫したと俺に云った。でも、その日は小夜子は風邪で休んでいたんだよ。つまりあれは全てお前の作り話だった。小夜子は何の脅迫もしていなかった」

「そう……残念ね。余計なことを喋りすぎたようね」

まだ余裕が感じられる。俺は両の拳を握りしめると、

「俺はどうして、より疑われるのにも拘らず、小夜子に対して殺意を抱いていたことをお前が俺に教えたのか、それが不思議だった。鈴木の言葉は俺も完全に信じているわけじゃない。ましてお前と小夜子の間に特に接点があるわけでもない。だからお前がとぼければ、むしろ俺は鈴木の言葉を疑っていたかもしれない。しかしお前は敢えて話した。それは、動機があった方がお前にとって有利だったからだ。しかし実際は、風邪で休んでいたことすら知らないほどに小夜子に関心がなかった」

「じゃあ、私は動機もなく新堂さんを殺したというの。とんだ殺人鬼ね」

「ああ、お前はあの日操作室にいる人間なら誰でもよかったんだ。小夜子だろうが柘植だろうが加太だろうが。操作室の窓拭きはいつも一人きりだ。こっそり忍び込み背後から殺すにはうってつけのシチュエーションだ。しかも大抵じゃんけんでその日に決められる。誰かは決まっていないが必ず一人は部屋にいる。しかも全員俺のクラスメイト。とりわけ三分の一の確率で小夜子に当たればさらに好都合だ」

「なぜ私がそんなことを？」

伏せたままカードを机上に置き、比土は長い黒髪の裾を軽く払う。俺は何とか怒りを抑えながら、

「お前は神を利用しようとした。逆手にとろうとした。クラスメイトが殺され、俺がいつものように鈴木に犯人の名を訊けば、当然鈴木は犯人であるお前の名前を俺に教えるだろう。そして俺はお前に尋ねる。そこでお前は動機という毒を俺に注入する。普通は無差別殺人なんて考えに至らない。しかもいかにも恨み骨髄とばかりに、何度も頭を殴っているんだ。だから俺は容易《たやす》く信じた。だが狙われたのが小夜子だというドグマに呑み込まれている間は、お前には絶対に破れないアリバイが成立することになる」

「だからなぜ私が、そんなことを？」

水晶のような冷たく透明な瞳で、比土は俺を見つめた。これが人殺しの目か。この目で比土は、冷酷に小夜子を殺したのだ。

「理由はこの前のお前の態度だ。俺とすれ違ったとき北叟笑《ほくそえ》んでいただろ。赤目の件で近づき過ぎた俺と市部を仲違いさせるため……そうじゃないのか？」

「思ったより賢いのね、桑町さん」

「もう一度訊く。小夜子はお前が殺したんだな」

俺は声を荒らげ、最後通牒を突きつけた。

「違うわ。でも面白い仮説ね」彼女は頑なに認めない。認めない限り、それが真実とはならないかのように。「けれど、そんな突飛な戯言《ざれごと》、誰も信じてくれないわよ。みんな私を罠に塡《は》めるための讒言《ざんげん》と思うでしょうね」

「いや、そんなことない」俺は比土に顔を近づけると、ガラにもなく唇の端を片方だけ吊り上げ、

「市部なら信じるさ。世の中全員が笑ったとしても、俺が訴えれば、あいつだけは信じる」

鉄面皮に僅かだが罅《ひび》が入るのが判った。

市部の名を出すのは本意ではない。だが、小夜子の仇を討つには、目の前の鬼と対峙するには、俺も鬼にならなければならない。

「もう、おまえは無理だ。アリバイの絡繰《からくり》が判ってしまった以上、市部も理解してくれる。市部の頭の良さはお前もよく知っているだろう。あいつは論理の信奉者だ。そしてお前の本性に気づけば、市部はもうお前を愛さない」

「そう。じゃあ、試しに話してみればいいじゃない」

すっくと比土が立ち上がる。俺は一瞬身構えた。目の前にいるのは殺人鬼。口封じに俺を殺すかもしれない。

だが比土はおもむろに俺の脇を通り過ぎると、そのまま戸口にまで向かっていく。足音ひとつ立てずに。

「なあ、比土。教えてくれ。市部を手に入れるのは、無関係な人間を殺してまでもしなければならないことなのか。単に恋仇の俺を殺すだけではダメだったのか?」

「あなたを殺しただけじゃ、市部君の中にあなたが残るでしょう。一生ずっと。桑町さん、あなたは愛を知らないようね。だから絶対的な神にも平気で近づけるのよ」

謎めいた言葉を残し比土は消えていった。

窓が薄く開いていたのだろう。氷のような隙間風が残されたタロットカードを巻き上げる。死

神のカードが足許に舞い落ちた。
その日から、比土の姿を見た者は誰もいない。

さよなら、神様

1

「犯人は君だよ」

俺、桑町淳《くわまちじゅん》の前で神様は宣《のたま》った……ところで目が覚めた。縁起でもない。

比土優子《ひどゆうこ》が姿を消してから、四日が過ぎていた。

彼女の家は世間体を気にするタイプで、三日目になってようやく捜索願を警察に届け出たという。あの日、児童会室で俺と対決したあと、そのまま家に戻らず失踪したらしい。

とはいえ俺は、比土が失踪したことを全く知らなかった。

クラスが違うので学校を欠席していることに気づかなかったし、俺も探偵団に顔を出していなかったからだ。また比土とは地区も離れていたので、失踪の噂を耳にする機会もなかった。比土のことなど考えたくもなかったのが最大の理由だが。

彼女の失踪は、朝の学級会で美旗《みはた》先生が口にして初めて知った。まだ家出なのか誘拐なのか判っていないが、彼女を見かけた人がいれば教えてほしいと熱い口調で先生は訴えた。どんな情報でもいいからと。

先生も比土の件は今朝まで知らなかったようすで、漬物石のような大きな顔に深刻な表情を浮かべていた。小夜子《さよこ》の傷も少し癒え始めた頃なので、ことの重大さがクラス全員に伝わったようだ。

同時に美旗先生は、変質者に気をつけるよう、警告や命令に近い強い口調で俺たちに注意した。数日前の夕方、三十前後の不審な小太りの男に道を訊かれた女生徒がいて、悲鳴をあげたら男は一目散に逃げ出したらしい。その二日前にも似たような事件があった。同一人物なのかどうかは判らないが、ここひと月、不審者の目撃情報が絶えないのは確かだ。先生は明言しなかったが、比土もその手の変質者に連れ去られたのではと疑っているようだった。

久遠《くおん》小では小夜子が殺されたばかり。もちろん犯人はまだ捕まっていない。小夜子の件も変質者が校舎に忍び込んだと考えている人も多い。いや、そう考えないと平静を保てないのだろう。なぜなら生徒や教師の中に犯人がいることになるから。

当然、小夜子を殺した犯人が比土だとは、誰も知らない。ただ俺と鈴木《すずき》を除いては……。

「決して知らない人について行ったり、一人で夜道を出歩いたりしてはいけません。怪しい人を見かけたら、すぐに報せるんだよ」

堅苦しい口調で何度も念を押したあと、先生は仕切り直すようにコホンと咳をひとつした。そして表情を少しばかり緩めると、

「それで、今日はもうひとつみんなに伝えることがあるんだ」

先生は着席していた鈴木を教壇に招き寄せると、

「えー、鈴木は今週いっぱいで転校することになった。お父さんの急な転勤だそうだ」

「ええっ！」と主に女子から黄色い声が上がる。

「鈴木君、転校するの？」

「うそ、今週までって早いよね」

「クリスマスにはもういないんだ！」

蟻の群れに角砂糖を落としたように、教室のそこかしこで口々に囀《さえず》り始める。

遅れて男子たちもこれ幸いと、

「まじ。神様がいなくなっちゃうのかよ」

「スズキー、どこに転校するんだ？」

「何で今まで黙ってたんだよ。冷たいぞ」

国会答弁のヤジ要員のごとく騒ぎ出す。急な悲報に教室はある種の狂躁状態に陥っていた。

鈴木がいなくなる……俺にとっては奇妙な感覚だった。寂しいという感覚は当然ない。だが突然の転校に戸惑っているのもたしかだった。彼の言葉を全面的に信用すれば、鈴木は全知全能の唯一神なはずだ。そんな万能の神に、父親の転勤というワードはあまりにもミスマッチすぎる。

教室が興奮の坩堝《るつぼ》と化した中、壇上の鈴木はずっと神妙な顔を保っていた。が、俺と目が合うと一瞬ニコと笑う。その笑みが意味するものが、俺には見当がつかなかった。

「はいはい、みんな静かに」先生は閻魔帳《えんまちょう》で教壇を叩いて場を締めたあと、「金曜日の終わりの学級会では鈴木のお別れ会をするからな。みんな餞《はなむけ》の言葉を用意しとけよ。……じゃあ一時間目の授業を始める」

比土の死体が発見されたのはその日の夕方のことだった。もちろん俺もクラスの連中も知るわけはなく、翌日の朝の学級会で、先生が辛そうに俺たちに教えてくれた。

＊

放課後、俺は久しぶりに探偵団に顔を見せた。

エアコンのない寒々とした児童会室には、市部《いちべ》始《はじめ》と丸山《まるやま》一平《いっぺい》の二人だけしかいなかった。結成当初は五人だった探偵団も、上林《うえばやし》が転校し、比土が死に、今や俺を含めたこの三人が全メンバーだ。かつての賑やかさはそこになく、二人とも沈鬱な面持ちで戸口の俺を見ている。

特に市部はひどく落ち込んでいるようだった。探偵団のリーダーということもあるが、片思いにせよ好意を寄せてくれていた女が死んだのだ。それで悲しまない男はいない。そもそもその気もないのに比土が恋人と称していても、なぜか容認していたような男だ。

窓の外では木枯らしが吹いているのか、ポプラの葉が激しく揺らいでいる。

「なあ、比土の話、聞いてるか？」

頃合いを計っていたらしく、俺が椅子に腰掛けて一分ほどしてから、丸山がにやけているのか、神妙にしているのか、よく判らない顔つきで声をかけてきた。

「摺見《するみ》ヶ滝《がたき》で死んだってことは聞いたけど」

摺見ヶ滝というのは学区の外れの山あいにある、高さが十メートル以上ある滝だ。ここから歩けば、小一時間かかる場所にある。滝の水量は多くないのだが滝壺が池のように広がっていて、川魚の絶好の穴場になっている。釣り好きの男子はよく竿を片手に山道を登っている。ただ水深も深く危険な場所なので、学校では禁止されていた。まあ学校は摺見ヶ滝に限らず、子供同士の釣りは禁止しているのだが。

比土はその滝壺に浮かんでいるところを発見された。滝の上から転落したのだろう、と美旗先生は説明していた。摺見ヶ滝の滝壺は水深がある反面、岩が水面近くまで迫っている箇所も多い。

比土も運悪く岩の上に落ちたらしく、溺死ではなく頭を強く打って死んだらしい。首の骨も折れていたという。発見時、死後三、四日たっていた。

子供が遊び場にしていることもあり、周に二日は地域の青年団が巡回しているのだが、彼女の死体は岸辺の草むらに引っかかって隠れていたため昨日まで気づかれなかったようだ。また、真冬なので滝壺まで来て釣りをする子供もいなかった。

発見したのは巡回の青年団員で、陰から比土の黒服がちらりと覗いているのに気づいたらしい。

「まあその程度だろうな」

俺の反応に安心したように丸山は頷いたあと、

「じゃあ、これは知らないだろう。比土が失踪した日の夕方、比土らしき黒服の子供が山道を登っていくのを見たってこと」

「目撃者がいたのか」

「日が暮れかけていたから、はっきり比土と決まったわけじゃない。でも逆に日が暮れるのにこれから山に入っていく子供なんて普通はいないだろ」

「たしかに」

俺が首肯すると丸山は得意げに、

「しかも、驚いたことに比土一人だけじゃなく、もう一人誰かいたそうだ」

「もう一人？　じゃあ比土は……」

比土の死を聞かされたとき、俺は比土は自殺したと当然のように思い込んでいた。

摺見ヶ滝はたまに自殺志願者が身を投げたりする。俺が幼稚園の時と三年の時に、身投げがあった。そのうち一つは心中だ。頻度こそ高くはないし外の人間にはほとんど知られていないだろうが、この町で自殺といえば摺見ヶ滝だった。

しかし改めて考えてみれば、俺に見破られたくらいで比土が自殺するだろうか。

「比土はそいつに突き落とされたのか？　誰なんだそいつは」

すると丸山は途端に目を泳がせ、自信がないそぶりを見せると、

「そこまでは知らないよ。黄昏に遠目だったらしいから。それに……実は目撃したばあさんにはちょっとした徘徊癖があるらしく、まあまだらボケとかいうやつらしいが、それで記憶が飛んでる上にはっきりしないようなんだ」

「じゃあ、見間違いって可能性もあるのか」

「そうみたい。警察はどっちの可能性も視野に入れて調べているようだけど」

丸山の父親は市会議員で、母親はＰＴＡの役員をしている。そのせいでこの手の情報は早い。おそらく今朝先生から聞かされた俺たちと違い、丸山は昨日の夜にすでに事件を知っていたのだろう。

「もしその目撃情報が本当なら、比土は変質者に連れ去られて、殺されたのか」

俺は、押し倒す勢いで丸山に質問を浴びせた。比土の失踪を聞いたときから、原因の一端が自分にあると、俺はどこかで恐れていた。もちろん比土の自業自得なのだが、それでも良心の呵責をわずかではあるが感じていたのだ。この二日ずっと、真綿で首を絞められるようにそれはじわじわと俺を痛め続けていた。

だが、もし比土が殺されたのなら、目撃された同行者が犯人なら、俺は比土の死と全く関係がないことになる。丸山は迷惑そうに俺を押し返そうとしながら、

「その可能性はあるけど……不幸中の幸いというか、イタズラされた痕跡はなかったらしいよ」

「じゃあ、単に突き落とされただけなのか。それとも何かされそうになって揉みあっているうちに」

「それが抵抗した痕もないらしいし、そもそも僕には比土みたいな警戒心の強い奴が変質者にほいほいついていくとも思えないんだよ」

比土は不思議少女ではあったが、それ故か内心を表に見せず、また軽々に他人を信じることもなかった。秘密主義というか、おそらく俺とは違う意味で人嫌いだったのだろう。

「なあ、市部はどう思う？」

丸山は困ったように、ずっと黙りこくったままの市部に意見を求める。市部は黙考しているようだったが、丸山の問いに反応しておもむろに目を見開くと、

「まず考えられるのは、どうして比土が摺見ヶ滝に行ったのかということだ。男でもこんな時期に行く場所じゃない。特に女子にとっては。比土が釣り好きだと聞いた覚えもないしな」

「前に冗談で誘ったことがあるんだけど、大半を待つことに費やす遊びのどこが楽しいのって冷笑されたなぁ。あとスカイフィッシュが釣れたら教えてくれって」

相槌を打つように丸山がぼやく。

「しかも目撃者の話では日が暮れかけていたんだろ。新堂が殺されたばかりだというのに、人気のない山に入るにはそれなりの理由が必要になるな」

「理由？」

俺が尋ねると、市部はしばらく顎に手を当てて考え込んだあと、

「そう、理由だ。比土の死因は転落死だが、それは大きく三つに分類される。殺人、事故そして自殺。まず、目撃者の証言が正しいと仮定すると、摺見ヶ滝には二人で行ったことになる。その相手が誰かだが、変質者や不審者について行ったというのは考えにくい。さっき一平が云ったように、比土は警戒心が強かったからな。だからもし二人なら、比土は顔見知りに誘い出されたことになる。それもある程度親しい関係の。ただこれは誘い出された場合で、逆に比土が誘った場合は特に親しい関係である必要はない。たとえば大人の男なら、小学生の女子にさほど警戒しないからな。そしていずれの場合も、殺人と事故と自殺の三つともが考えられる。殺人なら不意を突いて滝壺に突き落としたのだろうし、事故なら、二人で滝の上に立っていたときに足を滑らせたのだろう。ただ、事故なら同伴者がどうしてそのとき報せなかったのか——山あいだけど携帯は繋がるからな——まあ、臆病風に吹かれて逃げ出したのかもしれないが。ともかくどちらの可能性もあり得る。また、比土のほうが殺そうとして誘い出したはずが、逆に返り討ちにあったという仮説も成り立つが、抵抗の痕がないらしいから可能性は低いだろう」

やはり比土に関しては、いつものように冷静な推理に徹するのは難しいのか、市部は言葉の切れ目切れ目で、落ち着こうとするかのように小刻みに呼吸を整えていた。呼応しているわけではないだろうが、天井の蛍光灯も今日は点きが悪い。

「じゃあ、二人でも自殺の可能性があるのか？」

怪訝な表情で丸山が尋ねると、

「もちろん、ある。たとえば、あてつけで目の前で自殺する場合や、その人物に殺されたと思わせたい場合だ。同伴者は慌てふためいて冷静な行動がとれないだろうから、ますますその場にいた痕跡が残ることになる」

「なるほど。比土は根っこが暗くて、何を考えているか判らない怖いところがあったからなあ。そう考えても不思議じゃない」

死人相手だからか、云いたい放題で丸山は肯《がえん》ずる。生前は不気味だからと、むしろ機嫌を窺いがちだったというのに。

「ただ、比土は復讐するならそんな回りくどい手を使わない気もするから、可能性が高いとも思えないが」

市部はそうつけ足したあと、

「次にもし証言が間違いだった場合。これは誰にも見られていなかった場合、たとえば拉致されて滝まで運ばれたケースも考えられるが、それだと何らかの痕跡が比土に残るだろうから、まずないだろう。一人だった場合でも殺人、事故、自殺の三つが考えられる。一番妥当なのは自殺で、あそこは自殺の名所だった。次に事故だが、可能性は充分だが、なぜ夕暮れに人気のない滝まで行ったのか、それが判らないことにはどうにもならない。殺人は少し特殊で、比土が滝へ行ったところ、犯人と出くわしたことになる。おそらく殺人の動機がそこで生じたのだろうが、それでも抵抗の痕がない点から見て顔見知り相手だと考えられる。もちろん犯人と滝で待ち合わせていた場合も同様だ。これらを理由という点からみると、自殺の場合、自殺する理由さえあれば滝に行く理由はあまり考えなくてもいい。逆に事故の場合は、滝に行く理由さえあればあとははっきりする。そして殺人の場合はどうして犯人について行ったのかが問題となる」

「なんだか判ったような判らないような推理だな」

いつものように快刀乱麻を断つ冴えを期待していたのだろう。拍子抜けしたように丸山は呟いた。

「当たり前だ。俺も今、お前から目撃証言の話を聞いたばかりなんだ。それで真相を解き明かせというほうがおかしいんだよ」

「まあそうか。神様じゃないんだからな」突然丸山は名案が閃いたように手を打つと、「そうだ、桑町。神様に訊いてこいよ。勿体つけているようだけど、もうすぐ転校するんだろ。サーヴィスで教えてくれるかもしれないぜ」

俺は無言で丸山を睨みつけた。丸山はどうして睨まれたのかは理解できないだろうが、まずいことを口にしたのは把握したようで、そのまま口を閉じた。

不意に訪れた沈黙。市部が俺のあとを継ぐように、

「前も云ったが、俺たちは久遠小探偵団なんだぜ。探偵が神頼みしてどうするんだよ」

「でもさ」と諦めきれないのか丸山が縋《すが》るような瞳を市部に向ける。「他ならぬ僕らの仲間の比

土が死んだんだぜ。今までとは違うだろ」

仲間という言葉がロンギヌスの槍のように俺に突き刺さる。小夜子を殺した比土を、俺はもはや仲間とは思っていない。ただ、真実を知らない二人は当然強い仲間意識を持っている。突然分厚い壁が、俺の目の前にできた気がした。いや、以前からあったのが、今まで透明だったのが、見えるようになっただけかもしれない。

「なら、淳に頼まずにお前が訊いてくればいいだろう。鈴木が転校前で気前がよくなっているんなら、お前でもほいほい教えてくれるだろ」

「たしかにそうかもしれないな」

市部は制止する意味で云ったのだが、逆に心を捉えたようだった。俄然やる気になると、

「そうだな。久遠小一の早耳は僕なんだから。僕が一番に情報を摑まなきゃ意味がないよな……。じゃあ、僕は塾があるからこれで帰るよ」

晴れやかな表情で、丸山は小走りに児童会室を出て行った。一陣の風が戸口から流れてくる。今までの澱んだ空気が、わずかだが開放へと向かう。

「じゃあ、俺も帰るよ」

あとに続いて俺も立ち上がろうとする。市部と二人きりだとどんなぼろが出るか知れたものではない。不思議なことに、市部は止めも促しもしなかった。振り返ると、椅子に座ったまま黙って俺を見つめている。

「どうしたんだ?」

「鈴木に訊くのか?」

「なんだお前まで。訊かないよ」

もう訊きたくない。やつとは関わりたくない。俺は心からの声を発して、児童会室をあとにした。

2

金曜日の放課後、終わりの会を延長して、神様の送別会が行われた。送別会といっても十五分程度。壇上で鎮座した鈴木にみなが言葉を贈り心ばかりの餞別を渡し、最後に鈴木が別れの挨拶をするというものだ。

「短い間でしたがみんなと一緒に学校生活を送れて楽しかったです。この学校での思い出は僕の胸にしっかりと刻みこまれました。これからもずっと忘れません」

最後まで神様は優等生の仮面を被り続けている。雰囲気に感化されたのか、泣き出してしまう女子も数人いた。もっぱら鈴木の取り巻きだったやつらだが、涙というのは感染力が強いようで、他の女子のなかにももらい泣きし始めるものが現れ、やがて教室全体が湿っぽくなった。情に脆《もろ》い美旗先生も目を真っ赤にしている。

鈴木は壇上から満足そうに見下ろし、「みんな、さようなら」と場を締める。まるでアイドルの引退セレモニーだった。

お別れ会が終わり、クラスメイトたちも三々五々帰っていく。三文芝居を曇りガラス越しに見ている気分から解放され、俺は薄暗い廊下をひとり歩いていた。すると、いつの間にか目の前に鈴木が立っている。

「帰ったんじゃなかったのか？」

ラストステージを終え、鈴木は俺たちより一足早く教室をあとにしたはずだ。紙テープを投げつけかねない勢いで見送る女子たち。ついいましがたの出来事だ。

「これから帰るところだよ」

仏像のようなスマイルを浮かべたまま優等生はうそぶく。

「そういやどこへ転校するか聞いてなかったな」

「東京……ということにしてあるね」

「嘘なのか？」

「さあ。明言したわけじゃないから、嘘はついていないな。もしかすると明日新任の教師としてここに赴任してくるかもしれないよ」

最後までスカしたやつ。

「どうして転校するんだ？　万能の神様じゃなかったのか」

「イケメン生活に飽きたからね。よく人間はこんなのに憧れるね。面倒なだけなのに」

ものは云い様だ。俺はやつがやつ以外の姿になったところを見たことがない。

「誰もお前みたいに簡単になれないからだよ。今の台詞、男子の前で絶対に口にするなよ。殴られても知らないぞ」

「殴られたからどうだと云うんだい？」

神様は興味深げに訊き返してきた。

「何をいっているんだ。痛いじゃないか?」

「痛みというのは生命の危険を脳に伝える信号だ。生物の警報システムだな。当然、不死の僕に痛みなど必要ない」

なるほど一理ある。

「じゃあ、蚊に刺されてもかゆくないのか」

かゆみは痛みの下位ランクだと聞いたことがある。

「まあね。もちろん、今の僕は人間同様に組成してあるから、痛みやかゆみも設定しようとすれば簡単にできるけど。そもそも痛いとはどういう感覚なんだ」

まるで大金持ちのお嬢様が電車の切符を買うときのような質問。

「神様のお前にも知らないことがあるのか?」

試しに挑発してみると、

「ないよ。君の言葉を通して知りたかっただけだ。君はしょっちゅう心が痛んでいるようだからね」

「それは違う痛みだ」

最後まではぐらかされたまま終わりそうだ。少なくとも相手の方が一枚上手なのは認めざるを得ない。

「なあ、どうして俺と関わったんだ?」

「関わったのは僕じゃなくて君の方だろ」

「ああ、それでもいいよ。で、どうして俺には教えてくれたんだ」

「好意……といっても信じないだろうね。退屈だったからだよ」

「すべてそのワードで説明する気か？」

「それ以外の理由がないから、仕方がないな」

神様は大袈裟に肩を竦める。

「全知全能ってやつも不便なものだな。……どうして神様っているんだ？」

「理由など必要ない。僕はここにあるだけ。気紛れに人間を創り、人間が僕を神と呼ぶだけ。今日は質問が多いね。仕方がない、最後に教えてあげようか。君が一番知りたいことを」

「いい」

俺は目を伏せ拒絶した。神様は鼻で嗤《わら》うと、

「じゃあ代わりに一つだけ教えてあげよう。比土優子は自殺したよ」

「えっ」

俺が顔を上げたときには、やつはもう背を向けていた。まるでドラマの主人公のように、背中越しに右手を軽く振りさよならの合図をしている。

「おい、どうしてそんなこと云うんだ」

廊下の奥に向かって叫んだが、答えは帰ってこなかった。

そして神様はあっさり転校していった。

勝手なものだ。

翌週から俺のクラスでは、神様がいない日常が始まった。クラスメイトたちはぽっかり空いた穴にまだ慣れない様子で、つい鈴木がいるように振る舞い、そして不在に気づく。これは鈴木が神様だからというより、クラスの中心的な人物だったからだろう。いわばスクールカーストの頂点がいきなり欠けたのだ。重力がなくなった地球と同様、ふわふわするのも仕方がない。

十月は神無月といって神様が出雲に出かけて留守なのだそうだ。逆に出雲では神在月と呼ばれているが、不思議なものだ。それでは普段は出雲に神様がいないかのように聞こえる。出雲には出雲の神様がずっといるだろうに。

神無月の神様は十一月になれば地元に戻ってくるが、鈴木はたぶんここには戻ってこない。月曜から新任教師が現れるというサプライズもなかった。断言したわけではないので、嘘にはならないのだろう。

最初俺はやつを透視能力を持つ超能力者だと考えていた。ただの超能力少年なら、親の転勤で転校するのは自然なことだ。今でもその考えが主流ではある。ただ、やつの弄言に感化されつつあるのも確かだ。彼が自ら説明したとおりの神だとすると、なぜ今転校したのか。俺はそれが気になった。

それは、やつが最後に遺した言葉、『比土優子は自殺したよ』、これに関係するのだろうか？

そんなことを考えていたせいで、ぼおっとしていたのだろう。クラスの女子と肩がぶつかった。

「痛いわね」

茶色がかった長髪の女、亀山千春《かめやまちはる》が右肩を押さえながら叫んだ。亀山は、鈴木の取り巻きの中でも中心人物だった女だ。小夜子ほどではないがそこそこ美人。ただ性格がきついことでも有名。いつも鈴木が俺に話しかける度に呪い殺さんばかりの目で俺を睨んでいた。

「悪い」

「何が悪いよ。ちゃんと謝りなさいよ」

鈴木が転校して機嫌が悪いのか、細い眉を吊り上げて妙に絡んでくる。

「今謝ったじゃないか？」

「悪い、は謝罪の言葉じゃないわよ」

「……悪かった」

「だからそれは謝罪の言葉じゃないっていうの」

威丈高に平謝りを強要してきた。虫の居所が悪いのは亀山だけではない。さすがにうんざりして俺が睨むと、

「何よその目。殺されるわ」

同時に女子の過半数がひゃあと声を上げた。男子は何事かと黙って眺めている。

「どちらがだよ」と云い返そうとしたが、そのとき初めて俺は教室の雰囲気が異常なこと、そしてそれが鈴木の転校に依るだけのものではないことに気づいた。

「どういう意味だ」

俺が迫ると、亀山は平然とした顔でこれみよがしに「怖い、怖い」とわめきながら、

「だって、比土さんを殺したのはあなたでしょ？」

衆前でいきなり抜き身を突きつけてくる。

「なんだそれ?」

「比土さんは摺見ヶ滝まで誰かと一緒だったんでしょ。比土さんが失踪した日にあなたと口論していたのを聞いてた人がいるんだから。本当はあなたが突き落としたんでしょ」

ものすごい三段論法だ。丸山だってもう少しまともに組み立てるだろう。俺は唖然とした。だが、比土との会話を立ち聞きされていたのは意外だった。たしかに児童会室は隔離されているわけでも、防音されているわけでもない。

「そういえば赤目《あかめ》君が殺されたとき、あなたも神社にいたらしいじゃない」

「うそ!」

「まじ?」

亀山の周りの女たちのトーンがひときわ上がる。

「くだらない」

俺は切って捨てた。比土はともかく赤目の件は犯人が逮捕されている。だがその態度が火に油を注いだのか、

「なによ友達が死んだのがくだらないって、あなたそれでも人間なの?」

「誰もそんなこと云っていないだろ」

「人殺し!」

「おい、お前ら、何を怒鳴りあってるんだ」

背後から聞き慣れた声がした。ちょうど登校してきた市部だった。彼は俺を取り巻いている女

子どもをかき分けながら輪の中心までやってきた。

「どうしたんだ、これは？」

「騎士《ナイト》のお出ましよ」

亀山たちは捨て台詞とともに散らばっていく。紐が切れた数珠のように、それは見事な散り様だ。

「いったいどうしたんだ？」

「比土が失踪した日に俺が比土と口論しているのを、誰かが立ち聞きしてたらしい」

「そうなのか？」

市部は両眉を上げて驚いている。

「ああ、事実だ。……お前も俺を疑うのか？」

「いや」

市部は表情を戻すと、強く首を横に振った。

「お前はそんなことはしない」

「ああ、俺はしない。だから俺は犯人じゃない」

だが、比土の自殺は俺が原因かもしれない。

チャイムが鳴り美旗先生が入ってきたので、話はそこで終わった。

その日の俺は、授業が全く耳にはいらなかった。幸いにも先生に当てられなかったが、もし指名されていたら、算数の時間に椋鳩十を朗読してしまっていたかもしれない。それくらいヤバかった。

比土と親しい人間がそんなにいたとは思えない。俺ほどではないにしても、比土も距離を置くタイプだったからだ。つまり比土にかこつけて、俺をバッシングしているに過ぎない。

しかし今更どうして始まったのか？　俺がクラスに馴染んでないのは昨日今日の話ではない。

おそらく契機は鈴木なのだろう。俺は美旗先生の疑いを晴らすために、真犯人を知りたいがために鈴木を呼び出した。鈴木は気易く教えてくれた。それ以降、何度も。

俺が何を訊いているかは知らないだろうが、取り巻きが俺が鈴木に親しげにまとわりついているると勘違いしたとしても不思議ではない。実際、亀山を始め取り巻きの連中には何度も当てこすりを云われた。要は嫉妬だ。嫉み、中傷。

鈴木の転校でそんな嫉妬の原因も消えたと思ったのだが、逆だったようだ。鈴木は最後まで優等生な神様だった。取り巻きたちにも優等生的に節度を保って接していた。悪く云うと一定の距離を置いていた。それでも鈴木がいるうちは関係がもっと親密なものに変化する期待が持てた。だがいなくなれば永久凍結、これ以上の進展は不可能になる。そのため今までの不満が一気に噴き出したのだろう。

今までクラスメイトなんか気にしたことがなかった。なのに今は気になる。勝手なものだ。自分から彼らの視線を拒絶し続けていたというのに。

俺が変わったのだろうか？

俺はゆっくりと教室を見渡した。鈴木がいないのは当然だが、もっと大事なものが教室にないことに今更ながら気づいた。

小夜子がいない。

小夜子が殺されてから今まで、哀しみと怒りが心を占めていた。そればかり考えていた。だが今、何となく日常に回帰して、初めて小夜子の不在に気づいた。

姉さん風を吹かせ、何かと口うるさく面倒を見てくれた小夜子。そしてクラスのマドンナでもあった小夜子。彼女の存在が、俺とクラスメイトとの緩衝になっていたのかもしれない。そして俺は小夜子をつっぱねながらも知らず知らず甘えていたのだろう。

小夜子を殺した比土を憎んでいたのは事実だ。だが俺は仇を討って殺そうという気にはならなかった。常識的な判断なのかもしれないが、鈴木が見ているから、やつの目が気になるから罪を犯せなかったのかもしれない。やつの目を逆手にとろうとした比土と違って。

＊

放課後、俺は摺見ヶ滝に行ってみた。山の入り口まで二十分、そこから山道を三十分。釣りはしないので、過去に二、三度行ったくらいだ。それでも一本道なので迷うことなく滝壺まで来ることができた。ここから十分ほど登ると滝の上まで行ける。山道といっても険しい坂はないので、女の足でも無理なく辿り着くことができる。いかにも女女《おんなおんな》した華奢な体格の比土でもだ。

十メートル強という高さは下から見たときはさほどではないが、滝の上から滝壺を見下ろすと、それなりに恐怖を感じる。ましてや切り立った崖に少し岩が突き出た格好になっているので、前面だけでなく側面も、視野に入るものすべてが滝壺のような錯覚にとらわれるのだ。高さはあるが水量が少ないので瀑音が小さいのが唯一の救いだ。

比土はここから飛び込んだのか……。

そう考えると急に怖くなり、一歩退いた。すると視野に、地表の色褪せた雑草や背後から伸びた枝が入り、ほっと安心する。

彼女としては入水自殺のつもりだったのかもしれないが、意に反して水面近くに潜んでいた岩に頭を打ちつけることになった。滝の水は澄んでいるが、西日が山に遮られる格好になるので、滝壺には影が落ちている。そのため迫《せ》り上がっている岩にも気づかなかったのだろう。

しかし、なぜ比土は自殺したのか……。

あの日、彼女は敗北を受け入れたように見えたが、かといって自殺までする雰囲気ではなかった。市部が云うように、復讐の牙を研ぎこそすれ、自殺するタイプでは決してない。

だが、鈴木は宣った。比土は自殺したと。

「お前も来たのか」

いつの間にか背後には市部と丸山がいた。考えに集中しすぎていたのか、足音に全く気づかなかった。丸山は高所恐怖症らしく、市部の腕を摑みながら怯えている。早く滝壺まで戻りたいようだ。

「クラスの女子が云ってたのが気になってな」

俺は素直に答えた。

「もし目撃者のばあさんが正しければ、誰かとここに来たことになる。市部の云うとおり、どうしてこんなところに来たんだろうってな」

もちろん嘘だ。比土は殺されてはいない。だが、もし目撃情報が正しければ、比土は同行者の目の前であてつけるように飛び込んだことになる。

真っ先に浮かぶ相手は俺だが、むろん俺じゃない。次に考えられるのは市部だが、市部なら逃げ出したりせず警察に報せるはずだ。市部はそんな腰抜けではない。丸山なら逃げ出すかもしれないが、比土が丸山の前で自殺する理由が思い当たらない。

そうすると、児童会室を出たあと小夜子のこととは全く違う自殺しなければならない原因が、比土の身に起こったのだろうか。

「比土はここから落ちたのか」

足を震わせながら、丸山が滝壺を見下ろした。

「下では何度も遊んだけど、ここから見るのは初めてだよ。思ったより高いなあ」

「高いだけじゃなく、岩にぶつかったらしいからな。即死だったんだろう」

市部が静かに合掌した。

「あの岩、すぐ釣り針が引っかかるんだよ。すぐ隣には深いところもあるんだけどな」

「詳しいんだ」

「まあ、よく釣りに来るし。夏には泳ぎもしたしな、市部」

こんな時でも丸山は褒めると得意気になる。

「ああ。男子はみな遊んでたよ。この騒ぎで当分来ないだろうけど」

「なあ、どうして俺がいきなり疑われたんだ。犯人は変質者じゃないのか？」

「それなんだけど」俺は市部に訊いたのだが、説明し始めたのは丸山だった。「ひと月前に、久遠小の界隈が深夜アニメに出てたみたいで、〝聖地巡礼〟のコースになってるんだってさ」

「聖地？　つまり出没していたのは変質者じゃなくアニメオタクだったのか」

アニメのファンがモデルとなった場所を聖地巡礼と称して見物に行くのは、俺も聞いたことがある。当初は不審がられてトラブルの種だったが、今ではそれで町興しを狙っている所もあるらしい。まさか地元が聖地になるとは、夢にも思わなかったが。

「そうみたい。僕の家も背景に映ってたみたいで勝手に写真を撮っていくんだってさ。お母さんが迷惑そうに怒ってた。大河や連続小説ならまだよかったのにって。もちろんその中に本物のロリコンが紛れてる可能性もあるんだけど。実際、小夜子が殺されているんだし」

「それなのに、どうして俺になるんだ？」

「摺見ヶ滝はアニメには出てこなかった。聖地巡礼のアニメオタクがこんな辺鄙《へんぴ》な場所を知るはずもないからな」市部が補足する。「あと口論のせいだろうな。淳、お前比土と何の喧嘩をしていたんだ？」

「いや、ちょっとしたことだよ」

言外にお前が原因だよと匂わす。これ以上のことはまだ云えない。俺が話せば市部は信じるだろう。が、同時に混乱もするだろう。比土が自殺した今、小夜子殺しの犯人が比土であることを明かすつもりはなかった。

＊

小さな穴が空いたダムは、すぐに塞がないとたやすく決壊する。蟻の一穴と称されるやつだ。それを実証するかのように、翌日の教室はたがが外れたように、俺への攻撃的な視線ばかりになっていた。

特に亀山はよほど鬱憤がたまっていたのか、細い目を吊り上げて、

「あなたの周りの人間ばかりが死んでいるのよ。どうなのよ」

キャンキャンわめき立ててくる。せっかくの美人が台無しだ。

客観的に見れば、もはやイジメなのだろう。だが俺は非難する気にはなれなかった。死人が出ているため、みんな一時的におかしくなっているだけなのだ。

それに俺以外は比土が自殺したことを知らない。誰かに殺されたと信じている。

俺は無言で自分の机に向かった。机の上にはチョークで落書きがされていた。ロッカーの雑巾で机を拭くと、何事もなかったかのように椅子に座る。反応したら負けだ。

だが次の瞬間、

「新堂さんもあなたが殺したんでしょ」

そのひと言で俺は頭に血が上ってしまった。なぜ俺が小夜子を殺さなければならないんだ。

「なんだと！」

俺は思わず亀山の頬を叩いていた。

「桑町！」

戸口から美旗先生の声が飛んできた。はっと我に返る。

「すまん」

俺は教室を飛び出し、その足で家に戻った。

どういう経路で家まで辿り着いたのかは覚えていない。玄関の鍵を開け二階に上がると、その

まま布団を被って目を閉じた。

夕方になって、父が帰宅した。いつもより早い。きっと学校から連絡があったのだろう。父は叱ることなく、腫れ物に触るように何度も様子を窺いに来る。

「なんでもない」

そのたびに俺は邪険に答えた。


翌日には市部が来た。美旗先生も来た。俺は風邪を引いたからと、すべてを断った。まるで疑獄の真っ只中の政治家のように。もちろんこのまま引きこもるつもりはない。それではまるで俺が小夜子や比土を殺したと認めてしまうようなものだ。

だが躰《からだ》が動かなかった。人は自分が病気だと思い込むと同じ症状を発症すると聞いたことがある。俺の躰も重い風邪を引いたみたいに熱っぽく重くなっていた。

「なあ、淳」

日曜日の夕方、父親は云った。

「先生からおおよそは聞いたよ。小夜ちゃんのことを云われたんだろ。でも殴ったことは謝らなくちゃいけないよ。もうすぐ冬休みで年が変わってしまう。淳も相手の子も恨みを持ったまま年を越すのはいやだろう。今年の汚れは今年のうちにというしさ」

最後は父親なりの冗談なのだろう。全く面白くなかったが、俺は仕方なく追従《ついしょう》笑いを浮かべた。

月曜日に教室に現れると、俺が登校してきたことが意外だったように、みんなが奇異の視線を俺に向けた。視線てこんなに痛いものだったんだ。俺は初めて気づいた。いや、男の格好をしたときから気づいていたはずだ。忘れようとしていただけで。

油膜に洗剤を一滴落としたように誰もが距離を置く。教室には既に市部がいた。この前と違い早く登校してきたようだ。

「よお、淳。今日は登校したのか」

さりげなく市部が話しかけてくる。今日登校することを市部は知らなかったはずだ。だが市部はいつもと変わらぬ落ち着いた表情で接してくる。タフな男だと俺は感心した。

俺は市部に挨拶を返したあと亀山に近寄ると、

「この前は殴ってごめんなさい」

深く頭を下げた。

「……許してあげるわ。また怒らせたら何をされるか判らないし」

傲慢な口調だが、ともかく亀山は謝罪を受け入れる。本当ならここで終わっている筈だった。

「亀山は謝らなくていいのか？」

唐突に市部が口を挟んできたのだ。

「どうして、私が？」

「淳を人殺し扱いしただろ」

市部の言葉は正論だ。だが今この場で口にする言葉でもない。誰もが市部のように論理的に判断するわけではない。はっきり云って、空気の読めない余計な口出しだった。

「何を云ってるのよ」

案の定、亀山は調律を間違えたヴァイオリンのような金切り声を上げる。

「だって、おかしいじゃない。桑町さんの周りばかりに殺人事件が起こって」

口許を斜《はす》に吊り上げると、茶色い髪を振り乱しながらわめき散らし始めた。

「別に桑町の周りばかりじゃない。美旗先生も事件に巻き込まれてた」

「あれも上林君の……。桑町さんは神様の鈴木君にいつもつきまとっていて、まるで何かの隙をうかがっているようだったわよね。鈴木君のことを〝嫌い〟とも云ってたわ。そして桑町さんの周りにばかり、悪いことが起きる。そうよ、桑町さんは魔女、いや悪魔よ。鈴木君が神様なら、敵対するあなたは邪悪な悪魔よ！」

「やめろ。神様だとか悪魔だとか。そんなものがいるわけない」

言葉だけで市部が制止しようとするが、興奮した亀山の口は止まらない。彼女は顔を真っ赤にさせながら、

「怖い。鈴木君という神様がいなくなって、これからこのクラスは悪魔のあなたに支配されるんだわ。今までは鈴木君が護ってくれていたのに、これからはあなたの思うがままなのね」

十メートル先まで唾が飛ぶ勢い。そのとき美旗先生が入ってきて、慌てて騒動を収めてくれた。先生は市部と同じように悪魔なんていないと何度も否定したが、おそらくクラスの誰の胸にも浸透しなかっただろう。鈴木が開けた空虚な穴を埋めたのは、さらに蠱惑《こわく》的な亀山の考えだった。

『悪魔』

その日から俺が拝命したあだ名だ。もちろん面と向かって云うやつはいない。聞こえよがしに囁くのだ。

鈴木はこの世に悪魔なんていない、いるのは自分だけだ。かつてそう宣った。皮肉なものだ。神様がいなくなってから悪魔が存在してしまうのだから。だが俺は鈴木と違って特殊な能力はない、だから悪魔であることを知らしめることも否定することもできなかった。

これこそ悪魔の証明というやつだろう。

＊

今年は暖冬なのか年末年始も雪は降らなかった。周囲の山々は雪化粧することなく新年を迎えることになった。当然比土が飛び込んだ摺見ヶ滝もそうだ。

比土の事件は、目撃者のばあさんの信憑性がネックとなり警察もどこまで信用していいか迷っているらしい。事故や自殺も視野に入れているようだが、特に自殺は遺書もなく、また自殺する理由も表向きはないことから、可能性は薄いと考えられている。

俗に人の噂も七十五日というが、いくら年が変わったといえど、冬休みの二週間程度では噂は消えてくれないようだ。

年が明けても、俺は依然〝悪魔〟で、皆の視線は冷たかった。去年は女子と一部の男子だけだったのが、年が明けてからは俺の二つ名は男子全員のみならず他のクラスにまで及んでいた。

「探偵団を辞めなきゃならないんだ」

そんな中、丸山が悔しそうに吐き出した。

「どうしてだ?」

冷え冷えとした人気のない児童会室で、市部が問いただす。

「お母さんが辞めろって」

「お前のお母さんが？　それはもしかして……」

「俺が疑われてるのか？」

俺の言葉に丸山は無言で頷く。どうやら俺が比土を殺したというデマは、校内のみならず大人にまで広まっているようだ。

「なんでそんなことになっているんだ。たしかに変質者はオタクの間違いだっただろうけど」

「それが……目撃者のばあさんがいるだろ。あのばあさんが正月にモチを咽に詰まらせた拍子に思い出したんだって。比土と一緒に歩いていたのは同じくらいの背格好、つまり大人じゃなくて子供だったって」

視線を下に逸らしながら丸山は説明する。

「それに市部も薄々は気づいているんだろ。僕知ってるぜ。児童会長からこの部屋を貸せないって云われてるの」

話がそんなところまで進んでいたとは知らなかった。

子供二人で摺見ヶ滝に行ったのに、残されたのは比土の死体だけ。しかも直前に俺と口論していた。たしかに大人でも飛びつきそうな疑惑だ。

「……なあ、もしかして俺が探偵団を辞めればすべて丸く収まるんじゃないのか。丸山も辞めずにすむし、部屋も元通り使える。そもそも俺は……」

だが最後まで云い終えるまでに、市部に大声でかき消された。部屋中に市部の声が響き渡る。

「それは認めない！　無辜《むこ》の団員を切り捨てて解決するなんてありえない」

こんなに感情的な口調の市部は初めて見る。だが市部が必死になればなるほど、俺は冷静になっていった。

「だがまず探偵団を護るのがリーダーの役目だろ」

「団員を守れなくて何がリーダーなんだ」

「なら他にいい手段があるのか？」

「比土を殺したやつを捜し当てればいい」

売り言葉に買い言葉で、市部は云い切る。

「それはいくらお前でも……」

そう云いかけて俺は慌てて口をつぐんだ。

「そうだ。僕、塾に行かなきゃ」

緊迫した空気に、丸山は逃げるように部屋を転がり出ていった。束の間の静寂が児童会室を支配する。

「元々、俺は探偵団に入りたかったわけじゃないし。探偵団がなくなると市部は悲しいだろ」

「ああ、だがお前がいなくなっても悲しい」

はっきり云いやがった。面と向かって断言されると反論もできない。

「……悪い。俺にはお前の夢を壊すことしかできなくて」

市部の返事はなかった。代わりに、

「そういえばさっき、俺が犯人を捜し出すといったとき、即座に否定しかけたよな。あれはどういう意味だ？」

感づかれたのなら仕方がない。これ以上隠していても藪蛇だろう。

「比土は自殺したらしい」

俺は正直に答えた。

「鈴木に訊いたのか」

「俺が訊いたんじゃない。やつが最後だと云って勝手に教えたんだ」

「そうか……」市部は渋い表情で頷いた。だが、どこかほっとしているようでもあった。心の片隅で俺を疑っていたのかもしれない。「遺書でも見つからない限り、自殺の証明なんて出来ないからな。……でもなぜ比土は自殺したんだ?」

「そこまでは教えてくれなかった」

罪を隠し真実の上半分だけを市部に明かす。だが聡《さと》い市部がそれだけで引き下がるはずもなく、

「お前がした口論の中身と関係があるのか」

「いや」俺は首を振った。「喧嘩の内容はお前に関してだ。比土はいつかお前を奪うと宣言した」

嘘ではないはずだ。市部が額面通り信じたかどうかは知らない。ただ彼はそれ以上詮索しなかった。

「くそっ。自殺なら、犯人捜しもできないのか」

ただ悔しそうに拳で机を殴っただけだ。

犯人が逮捕されれば、疑いも晴れる。だが自殺では、頼みの遺書もない。鈴木を連れてくれれば、クラスの連中くらいは信じるかもしれない。しかし鈴木も転校してもういない。おそらく二度と見つけることはできないだろう。

正直、光明はなかった。そして俺は探偵団を退団した。

*

悪魔である俺が、人間から虐げられる。人智を越える悪魔を怒らせたら怖いはずなのだが、どうも彼らの思考は論理的ではないらしい。まあ論理的ならばこんな真似はしないだろうが。

いつの間にか俺を庇い続けた市部は〝使い魔〟と呼ばれるようになっていた。本来の格からすれば俺より下だ。なぜか市部がクラスの最下層になってしまったわけだが、皮肉なのか何なのかよくわからない冗談だ。

俺といえば、最下層から一つだけランクアップしたにも拘らず、扱いは据え置きだった。主任になっても給料が変わらないとぼやいていた叔父さんの悲哀が、今は何となく理解できる。

とはいえ、幸いなことに具体的なイジメというものはなかった。みな心のどこかで悪魔を怖がっているのだろう。なにせ神様を信じる連中だ。手口はもっぱら無視と聞こえよがしの陰口。そして厭味な視線。

美旗先生はクラスの異変にまだ気づいていないようだった。それだけ連中がうまくやっていたせいもあるが、俺がずっと黙っていたからだ。先生には迷惑をかけたくない。

問題は、魔の手が使い魔にも及んできたことだった。連中も最初は遠慮していたのだが、一人がやり始めると堰《せき》を切ったようにみんなが見習い始めた。愚かなことだ。元から独りだった俺と違い、市部は文武両道で鈴木ほどではないにしろ人気もあったのだが、今は誰も話しかけようとしない。誰もがいないかのように振る舞う。おそらく初めての体験だろう。

しかし今までと百八十度状況が変わっても、あいつは平然と登校し授業を受け、俺に話しかけてきた。

市部はタフだ。

そんなある日、下校の途中に、三十過ぎの痩せぎすの女性が前に飛び出してきた。

「優子を返して」

焦点のぼやけた瞳で俺に訴える。会ったことはないが、たぶん比土の母親なのだろう。顔立ちがよく似ていた。

何日も着ていたかのように服はよれ、髪も乱れている。化粧もしていないようだ。目の下には大きな隈が張っている。近づくとつんと異臭が鼻をついた。

いつの間にか比土の母親にまで俺のことが伝わっていたようだ。

「俺じゃない」

すると彼女は突然爛々と目を輝かせ、近寄ってくる。

「優子を返して！　お願い返して！」

両手を摑まれかけたので、慌ててふりほどくと、

「優子は私の宝だったのよ。だから返して！」

壊れたように繰り返している。

体裁を気にして、失踪してから三日も放っておいたくせに都合がいい。人間て都合がいい。

俺はむかついた。何度も伸びてくる彼女の手を強く払うと、

「比土は自殺したんです。俺は殺してない」

そのまま駆け足で去った。彼女は追ってこなかった。俺の言葉が届いたとも思えないが、走りながらちらと振り返ると、その場で崩れ落ちていた。

小夜子を殺した比土の罪が彼女の母親にまで及んでいるのを目の当たりにして、俺はただ逃げる事しかできなかった。

比土の母親が入院したと聞いたのは翌週のことだった。


春が来て、俺は六年になった。クラス替えが行われたが、状況は何も変わらなかった。六分の一が同じメンツ。そもそも同学年には既に知れ渡っている。

俺は相変わらず〝悪魔〟だった。

「大丈夫か？」

新学期早々、〝使い魔〟が気遣ってくれる。彼の方が大変だろうに。市部は常に毅然としていた。俺といることで被る迷惑など問題ではないかのように。

俺は何度も俺から距離を置くように訴えた。だがそのたびに市部は真っ赤になって怒り出すだけだった。俺の願いはせめてクラスが違えば被害が少なくなるというものだったが、それだけは叶えられた。市部は三つ離れたクラスになった。鈴木ではない、普通の神様に俺は感謝した。ただ担任は美旗先生ではなくなっていた。

やがて悪魔誕生の経緯に疎い者が俺の上履きを隠した。亀山は違うクラスになり、要はリーダー不在の集団になっていた。そこに名乗りを上げた目立ちたがりがいたということだ。

悪魔が反抗しないことで安心したのか、それは徐々にエスカレートしていった。教科書に落書きされ、採点済みのテストが黒板に張り出され、ノートが破られ、体操服が泥まみれにされる。その頃には陰口でなく面と向かって罵倒されることも多かった。陰口とどちらのダメージが大きかったかは俺にも判らない。

本当に、本当に、くだらない悪戯だ。ただ、クラスの違う市部にまでは累が及んでいないのが幸いだった。

四月の半ば、比土の母親が死んだという話を伝え聞いた。宵闇のため目撃者はいなかったが、発作的に駅のホームから飛び込んだと見られている。病状が恢復し数日前に退院していたようだ。最初は手首を切る気だったのか、バッグには刃物が入っていたという。悲しいとは感じたが、俺は悪くない。比土はたとえ俺との口論が原因で自殺したとしても、それは彼女が小夜子を殺したからだ。

冬の間には刑事が二度ほど事情を訊きに来た。もちろん俺は正直に知らないと答えただけだ。摺見ヶ滝に行っていないのに、嘘はつけない。

近所でも俺が殺したんじゃないかと思われているようだ。隣の三年生が俺と目が合うとその子は慌てて自分の家に逃げて行った。また三つ隣の家の新一年生に、「本当にお姉ちゃんが殺したの？　みんなそう云ってるよ」と無邪気に尋ねかけられた。まだことの重大さを呑み込めていないのだろう。

父親でさえ「引っ越しするか？」と探りを入れてくる。引っ越しなんかすれば認めるようなものだから、当然俺は突っぱねた。父がどれくらい俺のことを信用しているのか、それは判らないし、もう知りたくもない。

それに引っ越して転校したところでどうせ灰色だ。

そんなある日、俺は四ヶ月ぶりに摺見ヶ滝に登った。

雪解けを挟んだせいか、春の息吹のせいか、摺見ヶ滝は見違えるように輝いていた。滝壺はきらきらと輝き、まるで水の中に宝石が群れをなして泳いでいるようでもある。

比土は自殺した。これは間違いないはずだ。鈴木を全面的に信用するわけではないが、ずっと嘘はついてこなかった。となると、なぜ比土は自殺したのか。ここ数ヶ月、堂々巡りしている疑問にぶち当たる。

もしかして今のように俺を陥れるため？

そう考えたことも昔はあったが、果たしてそんなあやふやな未来に比土が命を賭けるのか疑問だった。神様さえ手玉にとろうとしたあの比土が。それに俺が悪魔扱いされたのは、鈴木が転校したせいでもあるからだ。そして比土はおそらく自殺した時点では鈴木の転校を知らないはずだ。また二人で摺見ヶ滝に行ったという目撃証言がなければ、ここまで疑われはしなかったはずだ。比土はどうやって二人に見せかけたのだろう。

そして……なにより比土なら、もっとはっきり殺されたと見えるように自殺するはずだ。小夜子を殺した冷酷さと比べると何もかもが手緩《てぬる》く感じてしまう。

ただ……もしかすると、世間の感情なんて比土にはどうでもよかったのかもしれない。彼女は人殺しをするほど市部を愛していた。ならば、市部に疑念を植え付けられればそれでよかったのかもしれない。俺が比土を殺したという疑念を市部に……。

俺は足下を見下ろした。

思わず吸い込まれそうな滝壺が無限に広がっている。俺はもう元の色が思い出せなくなったランドセルを脇に置くと、靴を履いているほうの足を一歩踏み出して、中を覗き込んだ。もう一方の足は、裸足のまま学校からここまで来たために、靴下が破け、足の裏が血塗れになっていた。痛い。まあ、それでも昨日小突かれ疼きがひかない肋骨に比べればまだ我慢できる痛さだが。

水面に小さな小さな波紋が二組生じる。だが次の瞬間には、滝の流れでかき消されてしまった。滝や流水は古くから禊《みそぎ》に用いられるという。比土は小夜子殺しの罪を、この滝で贖《あがな》ったのかもしれない。そして俺は……。

「淳！」

背後からいつもの声がした。市部だ。情を含んだ声で俺を呼ぶのは、もう市部と父親くらいしかいない。二者択一。簡単な推理だ。

「どうしたんだ。真っ青な顔をして。飛び込むとでも思ったのか？」

笑い飛ばそうとしたが、絵の具で荒れてかさかさになった頬は云うことを聞いてくれない。

「悪いか？」

「いや、悪くない」

俺が云うと、市部は安心したように岩の上に座り、足をぶらぶらさせた。俺も見習って隣に座る。足を振ると、左足の靴が滝壺に落ちた。まあ、いい。靴なんて片方だけあっても意味がない。一対じゃないと。

「淳のクラスの担任は知らんぷりを決め込んでいるのか？」

「かもな」さすがに毎日生傷や痣《あざ》が増えていくのに気づかないのはあり得ないだろう。「でも悪い人じゃないよ。多分そう思う」

「お前な……」

市部は力んで声を荒らげようとしたが、すぐに諦めたように肩を竦めると、

「なあ。俺には一つ判らないことがあるんだ」

ぽつりと口にした。

「なんだ?」

「鈴木はどうしてお前にだけ真実を教え続けたんだろう? やつが神の力を発揮したのは新堂のリコーダーのときと秋の遠足くらいだろ」

「俺も訊いてみたがはぐらかされた。たぶん俺の反応が面白かったんだろう。いつも退屈だとぼやいていたからな。あるいはこれから俺に起こることがうっすらと見えていたのかもしれない。上林や赤目や比土や小夜子がどうなるのかを。あいつは自分で目を閉じ耳を塞ぐことができると云っていた。そうでないと未来のことも含めて、全てが見え全てが聞こえてしまうらしいからな。未来を楽しむには敢えて閉ざす必要があったんだ。だが時には薄目を開けることはあったのかもしれない。そして退屈しのぎになりそうなところへ現れる。……俺は考えたんだよ。俺じゃなくあいつが比土を自殺に導いたんじゃないかって。あいつなら直接手を下さなくても、自殺したくなるような感情を吹き込むことができるからな。だけどたぶん違う。あいつはそんな卑怯なことはしない。悔しいけれどもっと陰険で正々堂々としているはずだ。だからいつも堂々巡りになるんだ。どうして比土は自殺したんだろうって。この勝負に比土に何か勝算があったんだろうかっ

て。俺は比土の思う壺にはまっているんだろうかってな。比土にはどこまで見えていたんだろう。だってそうじゃないか。俺は小夜子の敵を討ちたかっただけなのに。人間てどうしてこんなに愚かなんだろうな。いったい何の意味があるんだ。人を殺したと、でっち上げることが、いったい何の快楽に繋がっているというんだ。なぜ俺が盗んでもいない財布の非難を受けなければならないんだ。やつらにすれば俺は悪魔なんだろ……なぜ悪事を責められるんだ。どうして神様の鈴木はあんなことをしておいて神様でいられるんだ。神様って何なんだ。やつは全能で全ての因果はやつに起因しているんだろ。ならいまの俺もやつが原因のはずなのに、なぜか俺は自分自身に因果を求めてしまっている。なんだよこの矛盾。神様なら最後まで責任をとれよ。いったい比土はどうして自殺したんだ。どうして比土が小夜子を殺すところを神様は見逃したんだ。あんないい子が殺されるのを。そしてどうして俺は罪の意識に苛まれ続けなければならないんだ。耐えなければならないんだ。この前も、下校中にライターで…」

「いいんだ。もういいんだ」

この四ヶ月分の涙のように流れる、だが決壊し俺自身にも止めることができない俺の言葉を遮るように、市部は俺を強く抱きしめた。市部の胸が折れた肋骨に当たったが、不思議と痛みは感じなかった。

「死にたければ死んでもいい。でもそのときは俺も一緒に死んでやる。だからもうがんばるな」

今年になって俺は初めて泣いた。

3

四年後、俺、いやわたしたちは県外の同じ高校に進学した。わたしにとっては県内だったが。わたしはあのあとひと月の療養ののち県外に転校し、同時に男装も止めた。そして翌年、引っ越し先の中学に進学した。相変わらず無愛想な人間だったが、静かな生活は送れた。少ないが友人も出来た。なによりその間も、市部はずっと連絡を取ってくれた。

　市部とわたしとでは頭のできが違うので、同じレヴェルの高校に行くことなどあり得ないが、口には出さないが市部が合わせてくれたようだ。

　市部はわたしの家の近くに下宿し、今では父親公認で下宿に遊びに行く仲になっている。

「また、探偵団を作りたいな」

　時折、懐かしそうに市部が口にする。結局久遠小探偵団はわたしが転校したあと、市部が自主的に解散したらしい。中学の時も組織しなかったようだ。

　それもいいかもと、わたしも思い始めていた。久遠小でのことが遥か昔に感じ、今ではいい思い出しか浮かばなくなってきているからだ。人というのは忘れることができる。これだけは神様には不可能な芸当だ。今度はわたしも積極的に部員集めに協力しよう。あと市部が薦めるミステリ小説も読まないと。

　幸運にもわたしと市部は同じクラスになれた。ひと月も経たずにわたしと市部はクラス一のバカップルというレッテルを貼られてしまっていた。美女と野獣だと口さがなく囃し立てるクラスメイトもいるが、わたしが美女なのはもちろん、どうして市部が野獣なのかもぴんとこない。

わたしこそ市部がこの高校に来てくれたことを感謝しているのに。引っ越してからの四年間、平穏ではあったが、ずっと寂しかった。

市部は探偵団をクラブとして登録しようといま生徒会に掛け合っている。団員はまだ二人だけだが、何人か脈がある級友がいる。そんな六月の梅雨入りした帰り道だった。

市部の下宿先に向かう途中、遮断機が降りた踏切の向こうに見覚えのある顔が目に入った。

傘も差さずさわやかな笑みを浮かべたイケメンの小学生。

「鈴木?」

わたしの声はちょうどやってきた列車の轟音にかき消された。そして列車が通り過ぎたあとには誰もいなかった。一瞬のことだった。

あれは鈴木に間違いない。転校していったときそのままの小学五年生の鈴木。

でも、なぜ鈴木が？

まぼろし？

わたしは困惑した。

幸せのさなかに、彼は何を告げに来たんだろう。鈴木は神は神でも死神だ。

突然、わたしは鈴木の別れ際の言葉を思い出した。

『最後に教えてあげようか。君が一番知りたいことを』

そしてわたしが拒絶すると、

『じゃあ代わりに一つだけ教えてあげよう。比土優子は自殺したよ』

そうだ。比土のことは〝代わり〟に過ぎない。わたしはすっかり勘違いしていたが、鈴木が本当に教えたかったこと、つまりわたしが一番知りたかったことは別にあるのだ。そして当時のわたしが一番知りたかったことは……決まっている、川合《かわい》高夫《たかお》を殺したのは誰かということだ。もしわたしが頷いていたら、鈴木は川合殺しの犯人を教えてくれていたのだろうか。いや、たぶんわたしが拒絶するのを見越した上であの質問を投げかけたのだろう。

そして今、神様は姿を現した。

わたしには何となく理解できた。なぜ、今なのか。鈴木が気さくで親切な神様であるはずがない。とすれば答えは決まっている。川合を殺したのが市部だからだ。

途端に今まで縺《もつ》れていた何本もの筋が一つに紡がれていく。

市部はいつもわたしに云っていた。「鈴木に関わるな。耳を傾けるな」と。くどいくらいに。もしかして比土はそれを知っていて、交際を迫っていたのではないか。だから市部も断り切れなかった。邪険にできなかった。

川合を殺したのは、川合がわたしに無理矢理迫ったから。市部は鎮守の森でそれを見ていたのだろう。盛田神社には秘密基地らしきものがあり、たしか探偵団を組織する際に、秘密基地は卒業だとか云っていた。

それなら……比土を自殺させたのも。

もし児童会室を立ち聞きしていたのが市部なら——そういえば彼は摺見ヶ滝でわたしが混乱して比土の小夜子殺しを口走ったときも冷静だった。初めて聞いたはずなのに。全てを知っていたのだ——市部は躊躇いなく比土を殺すだろう。川合の時のように。市部のわたしへの愛は本物だ。

今なら自信を持って云える。そして市部は賢いから、事故や自殺に見えるように上手くカモフラージュできるだろう。彼ならば。だが、それだけではだめなのだ。

もしわたしが鈴木に比土殺しの犯人を訊いてしまったなら、それで全てが終わってしまう。「犯人は市部始だよ」と神様は宣うだろう。わたしは鈴木の言葉を信用していた。当然市部と距離を置く。市部が最も恐れたのは全知全能の鈴木だったはず。

そのために比土を殺すのではなく、自殺させる必要があった。

あの日の夕方、ばあさんが見たのは比土と市部の姿だった。比土も市部となら一緒に摺見ヶ滝までついて行くことだろう。

市部は比土を責め、比土は市部に全てを知られて狼狽《うろた》える。逆上してわたしに全てをぶちまけると脅したかもしれない。だが惚れた弱みが比土にはある。市部はそれを突き、心中を持ちかける。

次々と光の糸が紡がれていく。

丸山の言葉がふと思い出された。あの滝壺は深い場所と浅い岩場が隣合っていると。

もし心中を持ちかけた市部が先に飛び降りたとしたら。彼は摺見ヶ滝に詳しいだろうからどこへ飛び降りれば岩場がないか知っている。しかし最愛の市部の行為に冷静さを失いあとを追った比土は、それを知らない。

そして神様はこの顚末を、比土の自殺と宣うだろう。もし神様から聞いていなければ、わたしはあるいは市部のことを少しは疑っていたかもしれない。

もちろん神様が詳細を語れば謀略は露見するが、今までのケースを鑑みて、鈴木はそこまでは話さないと踏んでいたのだろう。そして鈴木は市部の意図を汲むように抜き出した部分だけを教えた。

あれは、二人の暗黙の連係プレーだったのだ。

考えてみれば、比土の時もそうだった。鈴木は小夜子殺しの手段を話さず、ただ比土の思惑通りの説明しかしなかった。

比土もそして市部も、鈴木の嗜好に勘づき、あくまで彼が楽しめる方向で危険な賭に打って出た。特に市部にすれば、鈴木が川合殺しの犯人をまだ明かしていないことから——もしわたしが知っていれば、きっと態度に表れていただろう——賭ける価値はあると判断したのだろう。

そして……もしかすると、鈴木が転校してから、私があんな状況に陥ったのも、いくつかは市部の思惑が働いているのかもしれない。わたしの感情の全てを、市部だけに向けさせるために……。


いや、さすがに考えすぎだろう。

立ちくらみを起こしたように踏切の傍でしゃがんでいたわたしは、首を振りながら立ち上がった。いつの間にか傘がずれていたようで左腕が雨に濡れている。

実際どうだっていいんだ。わたしには市部がいて、今は彼がわたしの全てなのだから。

「淳」

ちょうど商店街の本屋から出てきた市部が、わたしに気づいて傘を大仰に振る。

「始！」

わたしは笑顔で市部に答え、彼の許に駆け寄った。パシャパシャと雨靴が水溜まりをアルペジオでかき鳴らす。

今のわたしには、わたしの心には、かつてのように神様が忍び込む余地は全然残っていないのだ。残念でした♥

さよなら、神様。

初出一覧

少年探偵団と神様	オールスイリ	2010年12月刊
アリバイくずし	オール讀物	2011年 7 月号
ダムからの遠い道	つんどく！ Vol.3	別冊文藝春秋電子増刊　2014年5月刊
バレンタイン昔語り	オールスイリ 2012	2012年 1 月刊
比土との対決	オール讀物	2013年 1 月号
さよなら、神様	オール讀物	2013年10月号

著者紹介

1969年、三重県上野市（現・伊賀市）生まれ。京都大学工学部卒業。在学中に推理小説研究会に所属。

1991年に島田荘司、綾辻行人、法月綸太郎各氏の推薦を受け、『翼ある闇　メルカトル鮎最後の事件』でデビューを果たす。

2011年には『隻眼の少女』で第64回日本推理作家協会賞（長編及び連作短編集部門）と第11回本格ミステリ大賞をダブル受賞。

近著に『メルカトルかく語りき』『貴族探偵対女探偵』などがある。

さよなら神《かみ》様《さま》

2014年8月10日　第1刷発行

著　者　麻耶雄嵩《まやゆたか》
発行者　吉安　章
発行所　株式会社　文藝春秋
〒102-8008　東京都千代田区紀尾井町3-23
電話　03-3265-1211（代）
印刷所　凸版印刷
製本所　新広社

ISBN978-4-16-390104-6　Printed in Japan